「お前のその槍、その子からの贈り物だろう？
槍を贈られたとき、お前は私にわざわざみせて、
自慢したよな。で、彼女はなんと言っていた？」
名工の銘が入った白い槍は、驚くほど軽く、
握りはリムの手に吸いつくようだった。
魔弾の王と天誓の鷲矢《アクイラス》
瀬尾つかさ
原案／川口士　イラスト／白谷こなか
キャラクターデザイン／八坂ミナト
Presented by Tsukasa Seo / Illust. = Conaca Shiratani / Based on story = Tsukasa Kawaguchi / Character Design = Minato Yasaka

『天鷲』部族を象徴する、神器の矢だ。込められた力は『風纏』。
「なにか力を感じますか」

「いや、わからない」

「では、それを形で示していただけますか」
ティグルは後ろからリムを抱いたまま、トゥエガの木に寄りかかった。
リムの豊満な乳房がこぼれ落ち、導かれるようにティグルの手が彼女の秘所に伸びた。

ダッシュエックス文庫

魔弾の王と天誓の鷲矢《アクイラス》

瀬尾つかさ

アスヴァール王国 ↗
王都カル=ハダシュト
タラプルス
王都カル=ハダシュトで
三人を待ち受けているものは…
ティグルとリム、
港町タラプルスより
上陸する
スパルテル岬
天の石柱
エリッサと再会
カル=ハダシュト拡大図

Character

Lord Marksman and Aquilas juratios

ティグルヴルムド=ヴォルン

ブリューヌ王国のアルサスを治めるヴォルン家の嫡男。17歳。家宝の黒弓を手に、リムと共にアスヴァールの内乱を戦い抜き、英雄となる。

リムアリーシャ

ジスタートのライトメリッツ公国の公主代理。20歳。武芸百般に通じ、様々な武器をそつなく使いこなす。

エリッサ

ジスタートの商人の少女。17歳。銀色の髪と褐色の肌を持つリムの友人にして教え子。才気煥発だが、何者かにカル=ハダシュトへと誘拐された。

ネリー

アスヴァール内乱の折、暗躍していた謎の人物。弓の王。飛竜を操り、ジスタートの戦姫たちを苦しめるほどの弓の腕前を持つ。エリッサと行動を共にしていたことがある。

カル＝ハダシュトの建国物語

ずっとずっと昔のこと。

南大陸《メリデール》でもっとも大きなハルキュレネーという国がありました。


あるときのことです。

ハルキュレネーでは、偉大な王が亡くなり、王弟が次の王位につきました。

王弟は先王の王妃であったディドーを己《おのれ》の妻にしようとしました。

ですがディドーは、先王に操《みさお》を立て、それを拒否しました。

怒った王弟は、ディドーを一隻の船に乗せ、国外へ追放しました。

流れに乗って漂うディドーの船でしたが、いつの間にか、周囲に多くの船がつき添っていました。

王弟に反発し、ディドーに従う者たちの船でした。

かくして、王妃ディドーを旗印とした船団が西の海に旅立ちました。


旅は辛く、苦しいものでした。

海の魚を捕まえて飢えをしのぎ、樽《たる》に雨を集めて喉の渇《かわ》きを癒《い》やしました。
カモメが落とした棒きれで、船の穴を塞《ふさ》ぎました。

大きな嵐がありました。
船団はぼろぼろになり、残った船は七隻だけでした。
しかも、船団は陸から大きく離れてしまいました。
嵐が過ぎたとき、もはや陸の方角もわからなくなっていたのです。
皆が、途方にくれました。

そのとき、王妃ディドーは声を聞きました。
声はひとつの方角を示しました。
船団は最後の力を振り絞って船を漕《こ》ぎ、三日三晩の後、陸に辿り着きました。
それは、大きな島でした。
今ではその島は、カル＝ハダシュトと呼ばれています。

ですがカル＝ハダシュトは危険な島でした。
狼が、獅子《しし》が、毒蛇が、蠍《さそり》が、人々を襲います。

このままでは生き延びることができません。

王妃ディドーは、また別の声を聞きました。
声は、人々を呼んでいました。
船を下りた人々は、声に導かれた王妃ディドーと共に島の真ん中に向かいました。
道中、不思議なことに、獣は人々を遠くで見守るだけでした。
何かに守られているかのようでした。
実際、夜は人々のまわりを緑色に輝く虫が飛びまわっていたといいます。

島の真ん中には、石柱に囲まれた不思議な神殿がありました。
王妃ディドーは神殿に祈りを捧げました。
すると、天から神様が降りてきました。

神様は、王妃ディドーに七本の矢を授《さず》けました。
この七本の矢を用いて人々を守りなさい。
ただし。
山は山であるように、森は森であるように、かくあれかし。

神様はそう言って、ふたたび天に昇りました。

王妃から七本の矢を授かった弓巫女《アルデイア》が中心となり、人々はこの島で暮らし始めました。

神様のいいつけを守って。

山を削らず、森を削らず、草原で馬を駆って暮らすのです。

かくあれかし。

長い歳月が経ってもカル＝ハダシュトが緑豊かな国なのは、そういうわけなのです。

第1話　南大陸《メリデール》

アスヴァール王国の大陸側、南の港町ガディルから出たカル＝ハダシュト行きの商船は、三日の航海を経て南大陸《メリデール》の港タラブルスに入ろうとしていた。冬の始まりのこの時期、北大陸《ネステール》と南大陸の間の海は一年でもっとも穏やかで、多くの船が南北の大陸を渡る。

毎年のことながら、船の中は出稼ぎの男たちでいっぱいだった。アスヴァールの収穫期が終わり畑で雇われていた季節働きの者たちが、迫る本格的な冬に追われるように温暖な南大陸を目指すのである。

カル＝ハダシュトはアスヴァールの南西に位置する大きな島の名だ。同時に南大陸の西側にも版図《はんと》を持つ国家の名でもあった。

浅黒い肌の男女が住むカル＝ハダシュトとアスヴァールとは、長い間、国家同士の深い交流が存在しなかった。

お互いの文化や風習が大きく異なるからだ。

アスヴァールにとって主な敵国は大陸部で東に領土を接するザクスタンであり、またカル＝ハダシュトの高名な弓騎兵は南大陸に最適化された兵科《へいか》であった。侵攻、防衛、いずれにしても噛《か》み合わず、相手の領土を削っても利が少ない。

もっとも、一年前、アスヴァールが女王を戴《いただ》いたのを機会として両国の外交は少しずつ歩み寄りをみせているという。

商人の間では、また事情が異なる。

アスヴァールとカル＝ハダシュトは、古くから交易の船が行き来する間柄だ。

アスヴァール大陸領のあちこちで褐色の肌の商人がみられるが、そのほとんどはカル＝ハダシュトの商人である。

交易の主たるものは香辛料に金銀や貴金属といった価値の高い品であるが、北大陸のものとは一風変わった葡萄酒《ヴィノー》や果実酒も、稀少品《きしょうひん》としてさまざまな港で取り引きされる。

カル＝ハダシュトの商人はがめつく抜け目がないことで有名で、吟遊詩人《ミネストレーリ》の詩で登場すれば、たいていは善良な若者を騙す老獪《ろうかい》な商人の役どころであった。商人の国、というのが北大陸におけるカル＝ハダシュトの一般的な認識なのだ。

そのカル＝ハダシュト行きの船に、ひと組の男女が乗っていた。

ティグルヴルムド＝ヴォルンはくすんだ赤毛の青年だ。今年十七歳、肌はここしばらくで少し日に焼けた。背負った弓の柄は真っ黒で、この黒弓はブリューヌのアルサスを治める伯爵であるヴォルン家に代々伝わっているものだ。

親しい者にはティグルと呼ばれるこの青年は、去年、この黒弓が神器と呼ばれる特別な武器であることを知った。

その彼は、羊皮紙《ようひし》の束を開いている。父親であるウルス卿に出した便りの返事の手紙が、ちょうど旅立つ時に届いた。以来、彼はこれを懐中に入れ、折に触れて読み返している。故郷の無事と彼の壮健を祈るなんでもない手紙であったが、今のティグルにとっては宝物であった。

ティグルは羊皮紙の束を大事に畳むと、懐にしまった。

その様子をみて、かたわらの女が目を細める。金髪で碧眼《へきがん》の女で、ティグルより少し背が高い。リムアリーシャという名で、今年二十歳。あまり表情の変わらぬ人物であったが、ティグルは彼女とのつき合いのなかで、その微妙な表情の変化に気づくようになった。

今、彼女は悪戯《いたずら》っぽく笑っている。

「リム、なにかおかしかったか」

「いいえ、ティグル。あなたが優しい目で手紙を眺めているのをみて、嬉しくなったのです」

リムはそう言ったあと、目を伏せる。

「どれほど離れていても、家族のことを忘れない。私は、そんなあなたをこんな遠くに連れてきてしまいました」

ティグルは甲板の上から海をみた。

「たったの三日、船に乗っていただけなのに、海がまぶしいほど輝いているな」

「暑いですね。薄着の服に着替えておいて、本当に助かりました」

ふたりとも、五十日ほど前まで北大陸の北部、ジスタート王国にいた。かの地では、今ごろ雪が厚く積もっているだろう。

ところがこの地では天が高い。強い太陽の光が透き通った海面で反射し、眩《まばゆ》く輝いている。

空気は蒸して、本来以上の暑さを感じる。南大陸は常夏《とこなつ》と聞いていたものの、実際は想像以上であった。甲板の上に立っているだけで汗がにじみ出てくる。

海岸線の砂浜は、まるで塩でできているかのように真っ白だった。砂が宝石のように輝いている。

「こんな素晴らしい景色をみられたのは、リム、きみのおかげだ」

「ですが……」

「それに、どこにいようと俺の居場所はきみのとなりだ」

ティグルは少しはにかんだ笑みを浮かべてリムを抱き寄せた。頬に軽く口づけする。抱擁《ほうよう》は少しの間で、すぐ身を離した。ふたりに集まっていた周囲の視線が離れる。

なんにせよ、船の上では隠し事などできない。ふたりの仲は有名で、またか、と思われているようだった。

そんな間にも、水夫たちが忙しく甲板を走りまわっている。

船が帆を畳んで速度を落とし、宝石のような砂浜と平行に走った。岸壁がみえる。ティグルたちの乗った船は、岸壁から突き出た大型船舶用の桟橋《さんばし》にゆっくりと接近していく。

船の側面と桟橋が静かにぶつかり、甲板が揺れた。

接舷が完了したことを告げる喇叭《ラッパ》が鳴り響いた。アスヴァール人の水夫たちが、大声で海を守る円卓の騎士ベディヴィアへの祈りの言葉を叫ぶ。

桟橋から板がかけられ、褐色の肌の役人が乗船してきた。上半身が裸で、たるんだ腹がやけに目立つ髭面《ひげづら》の男だ。

頭に巻いた布の色は紫。この地では役人が纏《まと》う衣服の色だと聞いたことがあった。

紫の布の男は、鋭い目で甲板の上の乗客を睨《にら》んだ。

「貴族手形を持つ者から順に下船許可を出す。商業手形が次だ。最後に手形がない者たちの身体検査をする。わかったら、順番に並べ」

カル＝ハダシュトの言葉でそう宣言した。続いて、アスヴァール語で同じ内容を繰り返す。

壮年の船長がティグルとリムのもとへやってきた。アスヴァール語で話し出す。

「おふたりは、あちらへ」

みればもうひとつ、貨物用の大きな板が桟橋と船の間にかけられるところだった。乗客とは別に、特別扱いであちらを使えということらしい。

「ティグルヴルムド卿とリムアリーシャ様には外交官として下船して頂きます」

「船長には重ねてお礼を。女王陛下のご厚意に深く感謝いたします」

「あなた方が我が国にもたらしたものに比べれば、むしろこの程度のことしかできぬこと、謝罪せねばなりますまい」

そのうえで船長は、英雄殿、と小声で呟《つぶや》く。ティグルはこそばゆい感覚を覚え、その言葉を否定しようとして、それは相手に対する非礼にあたると考えなおした。

——英雄、か。

実際のところ、ティグルたちがアスヴァールで成したことを考えれば船長の言葉もけっして過大評価とはいえない。

去年の春から秋にかけて、ティグルとリムはアスヴァール島で戦った。落ち延びた王女を頂き、王位簒奪者《おういさんだつしゃ》を排《はい》し、アスヴァール島の裏側で暗躍していた邪悪な精霊を仕留めたのである。吟遊詩人たちがティグルとリムの歌をいくつも謳《うた》った。

英雄譚は、ふたりがかの地から離れたあとも増え続けているという。

歌がすべて確かなら、ふたりは今もアスヴァール島の各地を転々としながら民を助け、悪を成敗し続けているはずである。伝説とはかように本来の個人から離れてひとりで変質していくものなのだと、ある意味で感慨深く思ったものだ。

「おい、そこのふたりは？」

貨物用の板を渡ってきた別の役人がティグルとリムを見咎めた。アスヴァール語で鋭い声を飛ばす。

「ずいぶんと立派な槍だな、女。そこの男も、黒い弓とは珍しい」

役人はにやにやした顔でティグルたちに近づいてきた。リムの槍の穂先は布で隠されているが、それでも柄の意匠まで隠すのは難しい。ましてや、それを持つのが女であれば特異なものにみえても仕方がなかった。

船長が慌ててその男のもとへ駆けていく。

「この方々は……」

カル＝ハダシュトの役人に船長が耳打ちし、書状を渡す。役人は表の文字を読むと、ひとつ舌打ちしてティグルとリムを睨んだ。

「白肌の貴族か」

役人はこの地の言葉で呟いた。小声だ。聞こえないと思ったのだろうが、ティグルの鋭い耳は、その言葉をしっかりと捉《とら》えていた。

だからといって、ことを荒立てる気はない。聞こえなかったことにする。案の定、役人はすぐ興味を失ったように視線をそらし、「行け」と告げた。

板を伝って桟橋に下りるティグルとリムに、船長が甲板から声をかけた。

「都の大使館に連絡いただければ、なんでもお助けします。よい旅を」

カル＝ハダシュト島にあるこの国の都の大使館は、半年ほど前にできたばかりであるという。ここまでして貰って申し訳ないという気持ちと、それでもこの国を訪れる必要があった理由について考える。この遠く離れた南国に。

ゆっくり歩きながら周囲の会話に耳を澄ませる。旅の間に、多少ながらこの地の言葉を学ん

できていた。

「双王《そうおう》がお隠れになって、また野蛮人どもが戦争を始めたらしい」

「一部がこっちまで来て、殺しあっている。村がいくつか、巻き添えで潰れたそうだ。都市部は不可侵とはいえ、こうも被害が出ては……」

「商家《しょうか》が双王に高い税金を払っているのはなんのためだと思っているんだ。七部族ときたら、これだから……」

そんな声があちこちで聞こえてくる。双王というのがこのカル＝ハダシュトを支配するふたりの王のことで、ともに亡くなったという話は船の中で聞いていた。

「双王。王がふたり、か」

「男と女がひとりずつ、と聞きました。どういう風に国を運営するのか、見当がつきませんね」

リムも首をかしげている。国家の形態が、北大陸とこの地ではずいぶん違うようであった。

「しかも、同時に亡くなるとはね」

「流行《はや》り病《やまい》だそうですから、いたしかたないところでしょう」

そして現在、詳しいことは不明だが、その双王の死去に伴う混乱で、カル＝ハダシュト全土がひどく混乱しているようである。ティグルたちの身の安全を確保するためにも、この地の情勢について調べた方がいいかもしれない。

上手くすれば、目的を果たすきっかけを掴《つか》めるかもしれなかった。

「ティグルヴルムド卿とリムアリーシャ様でいらっしゃいますか」

港湾部の終わりに差し掛かったころ、ジスタートの言葉でそう問いかけられた。落ち着いた女性の声だった。

振り向くと、フードを目深《まぶか》にかぶった白い貫頭衣《かんとうい》の女が立っていた。

年の頃は二十代の後半から三十代の前半だろう。褐色の肌はこの地ではありふれたものだ。痩《や》せているが、足腰はしっかりしているな、と女の姿勢をみてティグルは思う。そこらを歩いている商家の女たちとは身体の鍛えかたが違う。

――よく身体を動かしている人物みたいだが、武術の心得はないな。

「こちらへ。ご案内いたします」

痩せた貫頭衣の女の後ろについてその場を離れる。

タラブルスは港湾部を中心として発達した町だ。北方と西方は海岸線が広がり、東方に富裕層が住んでいるという。中央部は無数の商家が居《きょ》を連《つら》ね、南方にはそこからあぶれた貧民街が広がっていると事前に聞いていた。

痩せた女は、ふたりを連れて貧民街に迷わず入っていく。

ティグルとリムは時折、顔を見合わせる。ティグルは自分たちが何者かにつけられていることとに気づいていたし、リムも視線で、それを理解していると訴えていた。

彼らを先導する女は、周囲に対する警戒が完全に素人のそれであった。本来であれば、このような地区をうろうろするような人物ではない。

故《ゆえ》になおさら気になることがある。そう——。

「ただの物取りかどうか、それが問題だ」

ティグルは、彼が生まれた国であるブリューヌの言葉で呟く。先導する女が、歩きながら少し首をかしげた。さすがにブリューヌの言葉まではわからないようだ。

「俺たちは未だに事情をよく理解していないんだが」

と女に対してジスタートの言葉で前置きして、告げる。

「あなたは命を狙われる心当たりがあるだろうか」

女が慌てて振り向いた。それだけで、尾行者を動かすには充分だった。同時に背後の気配が動く。一気に距離を詰めてこようとしていた。

「走れ」

ティグルは女の手を掴んで駆け出した。半歩遅れてリムが続く。ちらりと振り向けば、追っ手は今、見えている限りでも五人。いずれも男で、黒いフードで顔を隠していた。

もう一度、女に訊ねてみる。

「この町のならず者を敵にまわしているのか」

「そんなはずはありません！」

女は慌てていた。動揺し、それでもティグルに手を引かれるまま走ってくれている。とはいえ、その足は時にもつれ、ひどく頼りない。たちまち距離が詰まる。

追っ手の男たちが腰の曲刀を抜いた。

先頭の男がやおら奇声をあげ、飛びかかってくる。ティグルが手を引く女が狙いのようだった。両者の間にリムが割り込む。槍先を包む布はすでに取り去っていた。

「どけ、白肌の女！」

飛びかかりながら、男がこの地の言葉で叫ぶ。リムは男に対して槍を構え、刺突《しとつ》を見舞った。男の曲刀が撥《は》ね飛ばされる。彼女はすれ違いざま、勢いのついた男の腹に膝蹴りを入れた。男は口から吐瀉物《としゃぶつ》をまき散らして膝を折った。

ティグルは女から手を放し、弓を手にした。

残りの四人に対して、続けざまに矢を放つ。

一本が曲刀の刃にあたり、かん高い音を立てる。その男は武器をとり落とした。一本が別の男の曲刀を持つ手の甲を貫く。一本がその横の男の足の甲を射貫《いぬ》いて、地面にくし刺しにする。残る一本は別の男の曲刀を持つ腕の肩に突き刺さった。

ろくに狙いもつけずに放ったようにみえた四本の矢は、いずれも一矢で襲撃者の出鼻《でばな》をくじいていた。

「魔弾の神子《デウリア》……」

女が呆然《ぼうぜん》と呟く。

男たちが次々と呻《うめ》き、動きをとめる。そのうちのひとり、武器を弾き飛ばされた男が腰から予備の短刀を抜いた。

「あくまで諦めないというなら、仕方がありませんね」

リムが容赦なく、その男の腕を切り捨てる。血しぶきが舞う。

これで襲ってきた五人を、殺すことなく無力化することに成功した。殺さなかったのは彼らに聞きたいことがあったからと、町中で面倒なことになるのを避けたかったからである。

だが、どうやら悠長《ゆうちょう》に尋問する暇はなさそうだった。

遠くで「あそこだ」と叫ぶ別の男がいる。武器を抜いた黒装束の者たちが、次々とこちらに駆けてくる。方針を転換するしかない。

「そこの路地に入ってください」

慌てた様子で女が告げた。ティグルは言われるがまま、女の手を引き道の横に入る。リムがそれに続く。

道幅の細い路地裏だった。左右の建物は石を積み重ね石膏《せっこう》で固められている。建築当時こそ綺麗に白く輝いていたのだろうが、持ち主も転々とし掃除もされず、いまやひどく薄汚れて蔦《つた》まみれになっている。地面には動物や人の糞が落ちていたが、それらは乾いてぼろぼろだった。

ていたのだ。

屋根の上を駆ける足音が路地裏に反響する。追っ手の一部が屋根を伝ってまわり込もうとしているのだ。

ティグルは素早く思考を巡らせる。いったい追っ手は何人いるのだろう。なぜ、自分たちは追われているのだろう。いや、狙われているのはこの女なのだろうが。

ティグルが手を引く女の足は震え、もどかしいほどに鈍《にぶ》かった。こういった荒事《あらごと》に慣れていないのだ。このままでは逃げきれない。

突然、そばの扉が大きく開き、太った女が姿を現す。ティグルが手を引いていた痩せた女は、そちらに向かって駆け出した。

「ついてきて下さい」

ティグルとリムは一瞬だけ躊躇《ためら》ったあと、顔を見合わせうなずきあった。痩せた女に続いて、ふたりとも扉の内側に飛び込む。全員が中に入ったあと、扉はすぐ閉じられた。

粗末なつくりの室内は、明かりとりの窓も小さく、ひどく薄暗かった。壁面を多足の虫が這いまわっている。床に穴が開いて、縄梯子《なわばしご》が垂れていた。

太った女が「ここを下ります」と告げ、自ら穴に飛び込んだ。

「落ち着いて話す暇もないな」

「申し訳ございません。本来であれば、段階を踏んでご説明しなければならないところですが……」

ティグルたちをここまで導いた痩せた女が頭を下げる。

「そのまえに襲撃された、か。襲われることは予期していたのか」

「いいえ、まさかここまで手が早いとは。このまま商家が黙ってはおりますまい」

「商家はきみたちの味方なのか」

女たちは首を横に振った。

「彼らは中立を保《たも》とうとするでしょう。そのうえで、おふたりの身柄を拘束する可能性が高いのです。彼らの多くは七部族の争いに巻き込まれることを好みません」

七部族？　ティグルは女からさらに情報を聞き出そうとして、思いとどまった。こんなところで足を止めてはいられない。ここは逃げの一手か。

ティグルとリムは穴に飛び込む。ひとの身の丈の倍くらいの高さを飛び降りて、土に足がついた。さきほどの女が穴の下で火のついたろうそくを手に待ち構えている。いつ頃掘られたのか、石膏で固められた通路が奥まで続いていた。

「旧市街の下水道です。現在は使われておりません」

その女が言う。

最後に下りてきた道案内の女が縄梯子を引っ張ると、縄の上部にくっついていた蓋が動いて穴が閉じられた。

「これで、少しは時間を稼げます」

自分たちが屋内に飛び込んだところは後ろの追っ手からも、屋上の者たちからも見られていないはずだった。路地裏の家々をしらみつぶしにするにしても、しばらくかかる。

ふたりの女に導かれて、ティグルとリムは下水道跡を歩き始めた。

いったいどうして、こんなことになったのかと考えながら。

†

そもそもの始まりは、百日ほど前のこと。

ジスタート王国のライトメリッツ公国において、公都在住のひとりの少女が行方不明となった事件から始まる。エリッサという名で、ジスタートには珍しい褐色の肌が特徴の少女だ。

当時の状況から誘拐であろうと判断された。不可解なことはいくつもあったが、所詮は騎士でも官吏《かんり》でもない者がひとり消えただけである。たいして重要視されない。

そのはずだった。

少女が公主代理《アドワール》であるリムアリーシャ、親しい者にはリムと呼ばれる人物の知己《ちき》であり、彼女がなにかと可愛がっていたかつての教え子であったとしてもである。

リム自身も私人として手を尽くしたものの、その行方はようとして知れなかった。

行方不明となった少女の立ち上げた商会の使用人の女が、「実は」と直訴《じきそ》しなければ。

「お嬢様の亡くなったお母上は、カル＝ハダシュトのやんごとない身分の方でございました。お嬢様はおそらく、カル＝ハダシュトの弓巫女《アルディア》に連なる者によって誘拐されたのでございます」

カル＝ハダシュトにおける弓巫女とは、ジスタートにおける戦姫のような存在であるらしいと、そのとき初めて知る。

「リムアリーシャ様、どうかお嬢様をお助けください」

ジョジーという名の使用人の女は、そう懇願《こんがん》してきた。彼女が行方不明の少女に長く仕えていることも、少女がこの使用人のことをとても信頼していることも、リムはよく知っていた。

途方に暮れた。

知己の行方の手がかりを得たと思ったら、ことは高度に政治的なものであると判明したのだ。公主代理としてライトメリッツのことを第一に考えざるを得ないリムにとって、それはなによりも悩ましいことであった。

そんな彼女の背中を押したのは、リムの親友にして戦姫である女性、エレオノーラである。親しい者はエレンと愛称で呼ぶ。

たまたまそのタイミングで視察から戻ってきたエレンは、執務室に呼び出したリムにこう言った。

「行ってこい、リム。友が助けを呼んでいるのだ、行かなくてどうする」

「しかしエレン。まだ、あの子が助けを求めていると限ったわけでは……」

「お前のその槍、その子からの贈り物だろう？　槍を贈られたとき、お前は私にわざわざみせて、自慢したよな。で、彼女はなんと言っていた？」

公都に店を構えたその少女から、リムは一本の槍を贈られていた。名工の銘が入った白い槍は、驚くほど軽く、握りはリムの手に吸いつくようだった。

「この槍で私を守ってくださいね、先生」

彼女は、リムにそう言ったのだ。それはきっと、ただの冗談だったのだろう。こんなことになるなど、夢にも思っていなかっただろう。しかし……。

「自分に言い訳をしては、あとで悔やむぞ」

それはかつて、友たる人物を失ったときその場にいられなかったエレンであるからこその言葉であった。

同じ後悔を二度と味わいたくない。

彼女はその一心で、蘇った友のもとへ、はるばる海を越えて会いに行った。それが今年の春のことである。突然、消えた戦姫の穴を埋めるべく、リムはさんざんな目にあった。その彼女の言葉であるからして、彼女の言葉には強い実感がこもっている。

「この間はだいぶ迷惑をかけたからな。たまにはお前が私に迷惑をかけてもいいじゃないか。それとも、私の親友は友のひとりも助けられない腰抜けなのか？」

発破《はっぱ》をかけられて、リムの決意は固まった。

重ねて、エレンは告げる。

「ティグルも連れていけ」

「しかし、彼はこの地で修行中の身です」

リムは反論した。

「たしかに事情を話せばティグルは喜んで同行してくれるでしょう。しかし私とエリッサのことは、私事です。彼を危険に巻き込みたくありません。アスヴァールの内乱に関わった件だけでも、彼の身を預かっていた公主代理として、彼の父ウルス殿に顔向けできないというのに……」

「実は、ヴァレンティナから連絡が入ってな」

エレンは彼女の言葉を遮《さえぎ》り、苦々しい口調で告げる。意外な名前が出てきて、リムは首をかしげた。

「ヴァレンティナ様が、エレンに直接ですか」

「ああ、そうだ。ことがことだけに、戦姫で情報を共有したい、とな」

ヴァレンティナ＝グリンカ＝エステスは戦姫のひとりで、空間を裂いて遠くへ飛ぶ力を持つ鎌の竜具《ヴィラルト》エザンディスを持つ。エレンと仲が良いとは口が裂けても言えない関係だ。しかし昨年、リムはアスヴァールの地で彼女に出会い、大いに助けられた。

昨年の秋、ひと足早くアスヴァールからジスタートに帰還したヴァレンティナは、混乱が続くジスタートの各地に飛び、狼狽《うろた》える諸侯を説得して事態の収拾に努めた。

その後も精力的に戦姫が不在のレグニーツァとブレストをまわり、次世代のジスタートに向けた準備を整えているという。この一年、あちこちを巡っている彼女であるから、さまざまな情報が集まって来ていることだろう。

とはいえ、直接エレンの耳に入れるような情報とは？

「弓の王だ」

エレンは告げた。リムは息を呑む。

「カル＝ハダシュトに弓の王を名乗る者が向かったとおぼしき情報が入ってきたのだ」

弓の王を名乗る者。前年、アスヴァールとこのジスタート、そしてブリューヌで騒乱を巻き起こした者たちのひとりにして、そのなかで唯一、生き残り今もどこかで暗躍していると考えられる存在だ。

ジスタートの王宮を灰にしたのも彼女であると考えられている。

新たな王を擁立するため、現在、ジスタート王国のあちこちで火種があがっていた。そういう意味でも、本来はリムがこの地を離れられるわけがなかった。

弓の王を名乗る者の動機も目的も素性も、未だにわからぬことばかりであった。しかしかの者は、今やジスタートにとって宿敵だ。

ライトメリッツも、かの者との戦いで幾人もの騎士を失っている。その動向を掴むためというのなら、多少の無理をする言い訳も立つというものである。

いや、ことと次第によっては、弓の王を名乗る者について探ることこそが最重要課題となるだろう。

「そういえば、攫《さら》われた子と弓の王を名乗る者とは知己だったな。これも奇縁と言えるのだろうか」

エレンは考え込む。それはリムが以前、攫われたその少女エリッサから聞いた話である。

彼女は旅の途上でネリーと名乗る年齢不詳の女と出会い、しばらく共に旅をしたという。詳しく聞けば、そのネリーこそ弓の王を名乗る者のようなのだ。

なによりの証拠が、ネリーを名乗る女が持っていたという赤黒い弓である。それはこの世にふたつとない、恐るべき力を持つ神器のひとつに他ならなかった。

そしてリムとティグルが弓の王を名乗る者と遭遇した際、彼女はティグルの持つ黒弓に興味を抱いていた。ヴォルン家に伝わるという黒弓を以前から知っている様子ですらあった。たしかに、ネリーという人物の動向を探る任務であれば、ティグルの同行は必然といってもいい。

「リム、お前はティグルと共に、弓の王を名乗る者の真意をたしかめてこい。これは戦姫としての命令だ。戦う必要はないが、危険な任務になるだろう」

かくして、リムとティグルはたったふたりで、南西の島カル＝ハダシュトを目指すこととなったのである。一応、ふたりは先発隊で、後に応援を送るとのことであったが……。

中継点としてはアスヴァール王国を利用する。

去年のアスヴァール内乱に際して英雄的な存在となっていたティグルとリムは、極秘任務の範囲内で可能な限りの優遇を受け、大陸の南端から南大陸のカル＝ハダシュト領までの船にも最優先の待遇で乗ることができたというわけであった。

弓の王を名乗る者は以前、現在は女王となったギネヴィアの命を狙った相手である。これの捜索は、お互いの国にとって利益のあることであった。

そういうわけでふたりは、南大陸にたどり着く前にアスヴァールからある程度の情報を融通してもらっている。

かの地は現在、内乱に近い状況であるらしいとのことであった。

近い、や、らしい、という言葉が出てくるような情報に信頼が持てるはずもないが、このあたりには現地の風習や習慣、カル＝ハダシュトが商業民族と騎馬民族の集合体であることなどが入り交じり、アスヴァールの通常の諜報では確度の高い情報の入手が困難であるらしい。

それでも、現地の勢力のひとつと事前に連絡をとり、その勢力がエリッサの行方について手がかりを持っているというところまで掴んでくれたことには感謝するしかない。

その協力的な勢力と合流し、カル＝ハダシュトの大陸側から島側に渡る。

その後、本格的にエリッサを捜索する。同時に弓の王を名乗る者についての情報を集める。

それがティグルとリムの定めた、今回の旅の次第であった。

無論、そのままなにもかもが上手く行くとは思っていなかったが……。

ここまでの旅は快適なものであった。

故に、いささか油断していた部分もあろう。

とはいえ、港についてすぐ、こうして敵対的集団と遭遇するとは思ってもいなかったのである。

†

港町タラブルスの下水道跡を抜けて地上に出ると、町のはずれの海岸沿いであった。四頭の馬が、近くの背の高い照葉樹《しょうようじゅ》に縄で繋がれている。

「町に戻るのか」

「いいえ、このまま移動いたしましょう」

ここまで案内した女たちは、そう言うと木に繋がれた馬の縄を外し、その一頭に軽々と飛び乗った。馬のたてがみを撫でたあと、太ももで馬の背を軽く締める。馬は女におとなしく従い、照葉樹のまわりを一周した。たいした騎乗技術だとティグルは一見して理解する。

彼女たちは、噂に聞くカル＝ハダシュトの騎馬の民なのである。

カル＝ハダシュトの騎馬の民は男も女も馬の上で生まれ、生涯を馬の上で暮らす。そんな噂がまことしやかに囁かれるほど、馬と一体となった人々なのだ。

鐙《あぶみ》がなくとも手足のように自由に馬を扱う彼らは、どの民族よりも精強な騎馬軍団であるとも言われていた。もっともカル＝ハダシュトの戦争相手は南大陸の南にある国々や東にあるキュレネーであり、ティグルたちの住む大陸においては、その騎馬軍団も伝説となって久しい。

少なくとも、女性であっても馬の扱いが上手いという点だけは真実だと、ここに証明されたわけである。

下水道跡を歩いている間、声が反響して追っ手に聞こえることを恐れて会話は最低限であった。自分たちが襲われる背景すら、ティグルたちは未だに理解していない。馬の轡を並べて、ティグルは痩せた女に訊ねてみる。

「襲ってきた男たちは『一角犀《リノケイア》』です」

痩せた女はジスタートの言葉でそう返事をした。

「その『一角犀《リノケイア》』というのは部族の名前か」

「はい、我々の部族である『天鷲《アクイラ》』と、長く敵対関係にありました。現在、我が部族は存亡の危機に瀕しております。島から逃走してもなお、『一角犀《リノケイア》』は我らを追いかけてきました。最後のひとりまで『天鷲《アクイラ》』を殺し尽くすのが『一角犀《リノケイア》』の目的なのでございましょう」

族滅するまで戦争を止めないというのか。

北大陸ではとんと聞かない、まさに壮絶な話であったが、ティグルはそこに至るまでの部族同士の長い経緯をなにひとつとして知らない。余計な口を挟むことはできなかった。

「ひょっとして、俺たちは『一角犀《リノケイア》』からすると、『天鷲《アクイラ》』に助力する傭兵かなにかにみえたということなのか」

「おそらく、そういうことでございましょう。ご迷惑をおかけいたします。我らも迂闊《うかつ》でございました。タラブルスにまで『一角犀《リノケイア》』の手が迫っているとは露とも知らず、安易におふたりに接触してしまいました」

「結果的に、こうして皆が無事だった。それはもういいさ」

場合によってはティグルたちに接触する前に彼女たちが殺されていて、港についてから案内もなく途方に暮れていた恐れすらある。この展開は最悪ではない。ティグルはそう考えて心の慰めとした。

「俺たちはエリッサという若い女を捜しに来た。この名前に心当たりはないだろうか」

「残念ながら……。申し訳ございません」

「今後のことについて聞きたい。どこに行くんだ」

「南に一日のところに、ディドー様のおられる大宿営地がございます。そこまでご案内いたします」

また新しい名前が出てきた。彼女たちの主の名であろうか。

「ディドー殿とは、どのような方だ」

「我らが『天鷲《アクイラ》』の弓巫女でございます。ああ、魔弾《デウ》の神子《リア》様、どうかディドー様をお救いください」

　奇妙なことになった、とティグルは途方に暮れた。自分たちがこの国に来た目的は、別に部族間の騒乱に巻き込まれることではないというのに。

　後ろのリムを振り返る。リムは今の会話が聞こえていたのか、ゆっくりとうなずいた。もっと話を聞き出せ、ということである。返事をするのは情報が出揃ってからでいい。

「俺の知らない話がいくつも出てきている。ひとつひとつ、北の大陸の出身である俺にもわかるように説明してくれないか」

「たいへん失礼いたしました。ではわからないことがあれば、そのつど、そうおっしゃってくださいませ」

　そう前置きして、痩せた女は語り始めた。

「カル＝ハダシュトには七部族と呼ばれる、双王を選ぶ資格を持った七つの騎馬の民がございます。そのうちのひとつが我々の部族である『天鷲《アクイラ》』であり、ひとつが先ほど襲撃してきた『一角犀《リノケイア》』です」

　女は語り続ける。騎馬の民は七部族以外にも小部族が多数存在するというが、カル＝ハダシュトで政治に関わる部族はこの七つだけであるとのことだった。

『天鷲《アクイラ》』、『一角犀《リノケイア》』、『赤獅子《ルベリア》』、『砂蠍《アルピラ》』、『黒鰐《ニーゲラ》』、『剣歯虎《サベイリ》』、『森河馬《ハイポータ》』。

部族の男性は、身体のどこかに部族の象徴となる動物の刺青《いれずみ》を入れている。

七部族は、それぞれが『名の失われた神』の巫女を中心としてまとまっていた。この巫女を一般に弓巫女という。それは各々の部族が特別な矢を有し、その矢こそが部族の象徴となっているからである……。

「特別な矢が、部族の象徴？」

象徴たる武器について、ティグルは思い当たるものがあった。

「もしかして矢が神器なのか。つまり、ジスタートの戦姫様が持つ竜具のようなものなのか、ということだが」

「我々は神器や竜具という呼称を用いませんが、ティグルヴルムド卿がお考えの通りかと思います。弓巫女様は、ジスタートで言うところの戦姫にあたる存在でございます。ジスタートの言葉を覚えるに際して、かの地のものごとを学びました。戦姫と竜具という存在が我々の弓巫女様と矢にそっくりであると、驚いたものです。もっとも、弓巫女様は戦姫のように己自身《おのれ》が戦うわけではございませんが……」

「弓巫女が戦うわけではないのか」

「かわりに、魔弾《デウリア》の神子様が弓を持ち、この特別な矢を放つのです」

ティグルは先ほど、彼女に魔弾の神子《デウリア》と呼ばれたばかりだ。

「なぜ俺のことを魔弾の神子《デウリア》と呼んだ？」

「先ほどあなた様が矢を放つそのお姿を拝見し、新たな魔弾の神子《デウリア》様はこの方しかいない、と思ったのでございます」

また不穏な言葉が出てきた。

「新たな魔弾の神子《デウリア》、とはつまり……きみたちの以前の人はどうした」

「『一角犀《リノケイア》』との戦で……先方の魔弾の神子《デウリア》様と弓の腕を競い合い、安らぎの地へ、眠りにつかれました」

急にたどたどしいジスタート語になる。おそらくこの地の言葉を無理に置き換えているのだろう。つまり彼女たちの部族の魔弾の神子《デウリア》は一騎打ちに負けて戦死した、ということか。そのかわりとしてティグルを擁立したいと。

「さっきも言ったが、俺とリムは人を捜しているんだ。部族同士の対立に介入するつもりはない」

「私の役割は、ティグルヴルムド卿とリムアリーシャ様を弓巫女様のもとへご案内するだけでございます。たいへん差し出がましいことを申しました。詳しいことは弓巫女様とお話しください」

ティグルはため息をつく。ひどい厄介ごとに巻き込まれようとしているという予感があった。

だからといって、この場で馬を返して港に戻るわけにもいかないだろう。

とにかく、エリッサについての情報を仕入れるまでは。

この女性の部族が苦境に陥っていることに対して、同情の気持ちもある。

だが今のティグルはリムのつき添いでこの地に来ているのだし、そのリムの目的は部族同士の戦いとは無関係のはずなのだ。

「七部族の部族同士が、なぜそこまで争うんだ」

自分たちの目的とは直接的には無関係、そう理解したうえで、ティグルはあえて訊ねた。

「双王が亡くなり、新たな双王を決めるため、しきたり通り、七部族の間で話し合いが持たれるはずでございました。ですが『一角犀《リノケイア》』は、もっと古いしきたりに則って双王を決めようと言い出したのです」

「もっと古いしきたり？」

「七部族同士で戦を行い、矢を奪い合うのです。何百年も前は、双王が亡くなるたびに、大規模な戦が行われました。最後に立っていた弓巫女様と魔弾の神子《デウリア》様が双王となります。その過程で多くの血が流れ、それによって『名もなき神』への供物とされたと昔語りは伝えているのです」

それはまた、ずいぶんと血なまぐさいしきたりだ。廃れて当然だろう。

だが、『一角犀《リノケイア》』はその血なまぐさいしきたりを復活させようと目論んだという。

自分たちの力によほどの自信があるのだろうか。

「部族が滅ぶまで戦うくらいなら、いっそ矢を渡してしまうのはどうなんだろう、と部外者としては思ってしまうんだが……」

「そうはできぬ事情がございます」

具体的な事情について、女は口を閉ざした。

だがまあ、これは予期した通りだ。矢は部族の象徴そのものなのだろう。矢を失うことによって、部族は部族たる理由を失うのだ。

だからといって、最後のひとりまで殺されるような戦いになるというのは、ティグルには理解し辛いものであるが……。

――俺の故郷であるアルサスにとんでもない大軍が攻めてきたとして……その軍勢にどうしても敵わないなら、そして以降もアルサスの民が安らかに暮らせないなら、俺はどうするだろうか。

きっと、アルサスの民を無駄に苦しめるくらいなら抵抗を諦めるだろうなとティグルは思う。

だからこそ、本来の住み処であるカル＝ハダシュト島からこの大陸側に逃げてまで徹底抗戦の構えをとる『天鷲《アクイラ》』と、そんな相手をどこまでも追いかけてくる『一角犀《リノケイア》』の激しすぎる争いに理解を示すことができない。

――それとも、まだ俺が知らないことがあるのか？

ふと、思った。彼女はすべての情報を開示していない。その未開示の情報のなかに、この争いについての決定的要因が存在するのかもしれない。

「わかった、これ以上のことは、これから会う相手……あなた方の弓巫女殿に聞くとするよ」

「はい。ディドー様は、ティグルヴルムド卿とリムアリーシャ様の到着を首を長くしてお待ちしておりました」

ティグルは片眉を吊り上げた。後ろのリムをみる。リムもまた怪訝な表情をしていた。

――弓巫女ディドーは、俺たちのことをどれだけ知っているんだ。

もっとも去年のアスヴァール内乱において、ティグルとリムは外国人ながらかなり派手な活躍をした。他国においてもその名が伝わっている可能性はあるし、この地においては弓の名手ということに一定の価値があるのは、先ほどの魔弾《デウリア》の神子という言葉だけでも理解できる。

問題は相手がティグルたちになにを期待しているか、なのだが、それも会って話をしてみればわかることだろう。

四騎の馬は照葉樹が生い茂る森に足を踏み入れた。木々が密生し、木の幹と幹をつる植物が結びつけ、強固な植物の壁を築いている。まさに密林といえた。

踏み固められ、小石を敷き詰められた古い道が、曲がりくねりながら南方に続いている。背の高い木々の葉が樹冠をつくり陽光の大部分を遮ったおかげで、砂浜のように強烈な陽を浴びずに済むのはありがたかった。

　女たちは、密林の外から身を隠せるところまで道を進んだあと、いったん馬を下りて薬瓶をとり出した。瓶の蓋を開けると、少しばかりきつい刺激臭がティグルの鼻を突く。

　薬瓶の中に入っていたのは緑色のどろりとした液体だった。

「これを頬や首の後ろ、手足など肌の露出した部分に塗ってください。虫除けです」

「参考までに聞くけど、塗らなかったら、どうなるんだ」

「蛭が掌ほど大きくなるまでティグルヴルムド卿の血を吸い、蚊と虻に嫌というほどたかられることでしょう」

　彼女たちも含め全員で虫除けを使ったあと、再度、密林の奥に進む。小石を敷き詰めてつくられた細い道はところどころ旺盛《おうせい》に繁殖する植物によって途切れていたが、女たちは慣れた様子で木の棒で伸びたつるや草木を払いのけ、道の続きをみつけて馬の頭を通す。

　時折、木々の間を冷たい風が吹き抜ける。それがたまらなく気持ちいい。

　馬の背にくくりつけられた水袋から、適宜、水分を補給するよう助言を受ける。

　実際は体感よりずっと暑いため、身体から想定よりもはるかに水分を失っているとのことであった。水袋の中身は森のあちこちで実った果実から絞ったものであるという。ひと口飲んでみたが、少し酸《す》っぱく、苦味のある液体だった。とはいえ贅沢は言っていられない。

「では、この実をひと口齧ってから、水袋の中身を飲んでください」

と小指の先ほどのおおきさがある赤い果実を渡された。言われた通りにすると、今度は果実水が甘く、癖になるような味に変わっていた。ついつい余分に飲みたくなってしまう。

「不思議な果実だな」

「ミラキュラスと言います。水袋の中身は飲み干して頂いても構いませんよ。少しお時間を頂ければ、近くの木から新しい果実をとって、それを絞ります」

「そこまでしなくてもいい。慣れないことばかりで、加減がわからないだけなんだ」

「本来であれば北大陸から来られたお客様が分け入るには困難な道でございますが、今は場合が場合です。どうかご容赦ください」

たしかに去年の夏、無茶な強行軍をなんども経験したティグルであったが、アスヴァールの曇って蒸し暑い夏とはまた違うと感じていた。

ともすれば暑さが身体中に浸透してしまうような、うっかりすれば溜まった熱で死に至りそうな、強烈な熱気である。

「今の季節であれば、まだたいした暑さではありませんが……」

ところが痩せた女は、そんな愕然とする事実を告げる。たしかに暦の上では現在、冬の始まりのあたりであった。ジスタートではとっくに雪が降っているはずだ。とはいえ、この暑さでかなりマシな部類だとは。

「真夏に浜辺で肌を晒《さら》すのは、もはや自殺も同然です」

「夏にあの町の人たちは、どうしているんだ」

「寝ます。夕方から朝にかけて活動するのです」

ティグルは目を丸くして驚いた。南大陸を訪れてから、まったく驚くことばかりである。


道中、大粒の雨が頻繁に降った。そのたびに木々が大きく揺れ、ムカデやヤスデといった多足の虫たちが地面にこぼれ落ちてくる。それらはティグルたちとその馬に近づくことなく、素早くその身をくねらせて草むらに消えた。

「これはたしかに、虫除けが必要だな」

ティグルとて、狩人のはしくれだ。森の中の虫など見慣れている。とはいえこの森の虫たちは、毛虫のようなものですらティグルの故郷のそれよりふたまわりほど大きかった。

現状では、どれが毒を持っているかも分からない。

「地元の狩人からこの地の動植物の教授を受けて、それから活動を始めたかった」

そう、心から考える。まずは彼女たちの主である弓巫女に会わなければ、目的への細い手がかりが途絶えてしまうのであるが……ふと、ティグルは地面の揺れを感じた。

「お待ちください」

瘦せた女の言葉に従い、馬を止める。木々が揺れ、葉がこすれて乾いた音を立てる。たしかに大地が揺れていた。この感じをティグルは知っている。

「竜か？」

巨大ななにかがティグルたちに近づいて来ているのだ。警戒し、背中の黒弓を手にして矢をつがえる。

「いいえ、ティグルヴルムド卿。この揺れ、危険はありません」

太った女が、弓弦を引き絞ろうとしたティグルを制止する。

はたして十数歩先の背の高い下生えを割って現れたのは、灰色の肌を持つ巨大な四足歩行生物であった。身の丈はティグルの倍以上、いや三倍近くあるだろうか。

特徴的なのは、前脚よりはるかに長く、だらりと伸びた鼻である。もはや腕と言ってもいいその鼻を、灰色の生き物は大きく振り上げ、左右に振った。目の前の小枝が折れ、つる植物が払いのけられる。周囲の虫が驚いて逃げていく。

その動物は、その鼻を左右に揺らして周囲の蠅《はえ》や蚊を追い散らしながら、近くのティグルたちには目もくれずゆっくりと道を横断して、反対側へ消えていった。

地面の揺れが次第に小さくなり、巨大動物が遠くへ去っていくのがわかる。ティグルは安堵の息をついた。そばではリムが、同じく構えていた槍を下ろす。

「地竜よりはいくぶんか小柄だが、それでもたいした大きさだな」

「象です。あれは我らが大陸象と呼んでいる種で、カル＝ハダシュト本島に住む島象よりも大型で知られております」

「名前は聞いたことがあるな。島にもあれがいるのか」

「はい、本島もこのあたりと似た風土ですし、野生の象の群れは季節によって海峡を渡り、この大陸と本島を移動することもございます」

あの巨体が群れで海を渡るのか。きっと想像を絶する光景だろう。

「部族によっては象を使役し軍の一部として運用しております。幸いにして、今、私どもが敵対している『一角犀《リノケイア》』には戦象部隊などございませんが……」

戦象部隊はティグルたちの大陸でも、ジスタートの南の大国ムオジネルがこれを運用していると聞いたことがあった。実物をみると、また別の感慨がある。今、ティグルがこの目でみた象は想像をはるかに超えた巨躯であった。

「東方、キュレネーや北大陸のムオジネルにも象がいると聞いておりますが、この地の象はそれらよりも大型の生き物です。故にカル＝ハダシュトの戦象は、キュレネーでもことのほか、恐れられていると言われております」

だろうな、と思う。いざ戦となったとき、あんなものが集団で突撃してきたら、はたしてどのように対処すればいいのだろうか。

なにせ去年のアスヴァール内乱では、たった数体の地竜すら通常の騎士では手も足もでなかったのだから、戦象部隊の脅威はありありと想像できるというものである。

「虫も大きければ生き物も大きいのか、この南大陸は」

「恐れながら、ティグルヴルムド卿。人の大きさは北でも南でも変わりませんよ」

本気とも冗談ともつかない調子で、痩せた女は返す。

前方の警戒をこの地に慣れた女たちに任せて、ティグルは後方を警戒するリムに話しかけた。

今のところ、追っ手の気配はないという。

「この深い森だ。足を踏み入れるには、相応の準備が必要なんだろうな」

「それはあなたの狩人としての考えですか」

ティグルはリムの言葉にうなずく。

「この土地のことはなにも知らない俺だが、森は森だ。森が怖いところだということは、この地の荒くれ者の方がよほどよく知っているだろうさ」

あのときティグルを襲った者たちは、今から思い返せば都市部に適応した者たちではなかった。身軽に屋根に飛び乗っていたようだが、都市で活動している無頼者《ぶらいもの》であれば、もっと効率よくティグルたちを包囲していただろう。

ふたりの実力はよく伝わったはずだ。次に仕掛けてくるとしても、いっそう慎重になっているに違いない。

「ティグル、あなたは象についてどう思いますか」

「戦象部隊について、か？」

「ええ。私は、あれを支える兵站《へいたん》の構築を考えると気が遠くなります」

たしかに、あの生き物はたいそう餌を消費するだろう。象がなにを食べるかは知らないが、毎日の食糧の確保だけでもたいへんに違いない。

――いや、待てよ。

ティグルは周囲の木々をみて、考える。この道も足もとの草は伸び放題で、馬でなければ下生えを割って進むだけでも困難な道のりだっただろう。木々の繁茂《はんも》は、おそらく北大陸のそれよりはるかに速い。

この地の生き物が大型である理由。

それは、この地に大型の生き物が多数生息できるような環境が存在しているからではないだろうか。

であれば、兵站の概念も北大陸とはまったく変わってくる可能性がある。具体的には、戦象たちをその辺に放しておくだけで勝手に好きなものを食べ、水を飲んでくれるのではないかという可能性だ。

カル＝ハダシュトには現在に至るも多数の騎馬民族が存在し、彼らが多くの馬と共に移動しながら生きているというのも、この地やこの地に似た環境であるというカル＝ハダシュト本島の特性と無関係ではあるまい。

――どうして俺は、この地で戦をすることを考えているのだろう。

いつの間にか己の思考がそういう方角を向いていたことに気づき、ティグルは苦笑いする。これも去年の経験があった故のことであろうか。

「ティグル、どうしましたか」

「象は肉食なのか、草食なのか、それとも雑食なのかなと考えていた」

「肉も草も食べますが、そこらに放っておけば勝手に草を食べて満足いたしますよ」

ティグルたちの話が聞こえたのか、前を行く女のひとりが振り返り、そう答えてくれる。やはりそうか、とティグルはひとり納得した。

「きみたちの馬も、同じようにして飼っているのか」

「そうですね。ただ、象と馬は別々に放さなければ面倒なことになる、と聞いたことがございます。我々の部族では象を扱っておりませんので、詳しいことは存じませんが……」

「楽でいいな」

その方式なら、たしかに数万の騎兵を運用することもできるだろう。もっとも、数万の馬が同時に餌を探したら、その周辺はまたたく間に草が消え、荒れ果てた野になってしまうだろうが……そのあたりは運用次第だろうか。

北大陸よりははるかに楽な戦となるのは間違いない。

とはいえ、大軍の運用が楽になるのは敵側も同じだ。

「戦に敗れて追われているとき、敵の騎兵がろくに兵糧《ひょうろう》もいらないとなると、逃げ切るのは困難になってしまうな」

「今の我々の状態でございます。『一角犀《リノケイア》』の追跡から逃れるため、我々はたいへんな犠牲を払うこととなりました」

彼女たちの部族が本島から海を渡り大陸まで逃げてきたのも、そこまで追ってくることはあるまいと考えたからに違いない。だが敵対部族の殺意は、彼女たちの想像をはるかに上まわっていた。

ひょっとすると、弓巫女が健在ならばいくらでも再起できる、という構造の問題もあるのかもしれない。想像以上に、北大陸とは戦のかたちが違う。従来のティグルたちの価値観では判断できぬものばかりだ。

と、女たちが馬を止めた。

「このあたりで一泊いたしましょう」

まだ日は高い。その割にはかなり疲労が溜まっていることにティグルは気づく。

「そういえば、南大陸では日没が遅いと聞きました。ひょっとして、すでにだいぶ時間が経っておりますか？」

「長く北で暮らしていた方は、よくそのことに驚かれます」

彼女たちの口から出たのは、たしかに普段ならとっくに夕食の準備をしている時刻であった。

ティグルは驚く。異邦の地に赴いたとはいえ、ここまで己の感覚が狂わされていたとは。

「気をつけないと、危ういな」

改めて、気を引き締める。

†

ふたりの女の指示に従い、その日は四人で木の上に登って眠った。

太い木の股に木の葉を敷き詰め、その上で横になる。寝床を用意すると、ふたりの女は少し離れた木で休むと告げ、離れていった。ティグルとリムは、ふたりきりで身を休める。

「昼も申しましたが、ティグル」

暗闇のなか、すぐそばで横になっているリムの穏やかな声が聞こえる。

「私のせいで、あなたをこんなところに連れてきてしまいました」

「俺はきみのそばにいられて嬉しいんだ」

リムが手探りでティグルの手を握ってきた。ティグルはその手を力強く握り返す。

「それに、弓の王を名乗る者……俺は、あいつと決着をつけなきゃいけない気がする」

「私たちの目的は、動向を探り彼女の意図を知ることだけです。戦う必要はないのですよ」

「そうなんだが……。いや、別に命のやりとりをする必要はないはずなんだが……」

リムの身体が震える。少し笑ったような感覚があった。

「ひょっとして、ティグル。あなたは彼女と弓の腕を競いたいのですか」

「そんなことは……いや、そうかもしれない。結局、あいつとの勝負は俺の負けのようなものだった」

「珍しいですね。あなたがそれほど闘争心をみせるなど」

「何故だろうな。俺にもわからない」

「いいことだと思いますよ。ティグル、あなたはもう少し、欲を持った方がいい」

「俺は充分、欲深いと思うけどな」

「では、たしかめてみますか」

　リムが握った手を動かし、上の方に持っていった。柔らかいふくらみがティグルの手に触れる。ティグルは唾を飲み込んだ。思わず、もう片方の手を彼女の方に伸ばし……。

　そのとき、獣の遠吠えに交じる、くすくす笑う女の声を聞いたような気がした。

　われに返った。立ち上がり、周囲を見渡す。

　遠くで、燐光を放つ小さななにかが飛びまわっている。

「獣ですか」

「いや……たぶん、大丈夫だ」

　ふたたび、身を横たえる。もう、なにかするような気力は失われていた。

　目を閉じると、またたく間に眠りに引き込まれる。

翌日、朝日と共に活動を開始した。

朝露で下着までぐっしょりと濡れていたが、ときおり森の木々の隙間を抜ける風によって、またたく間に服が乾く。

馬に乗って南下を再開した。

「ディドーというきみたちの指導者は、どういう人なんだ」

「まだ若い方ですが、たいへんに思慮深く、我々を導いて下さいます。ディドー様の指示がなければ、我が部族はとうに『一角犀《リノケイア》』に討ち滅ぼされていたでしょう。ディドー様の導きがあってこそ、苦難のなか、我々はここまで逃げ延びることができたのでございます」

そんなことを言う痩せた女の表情には、いささか陶酔じみた感情がみてとれた。少なくとも彼女自身が言葉通りにディドーという人物に心酔しているのは明らかである。それほどの人物であれば、本来の役目がなくとも会ってみたいものだ。

もはや道らしい道もなく、女たちの案内が頼りだ。午前中だけで二回、短時間の強い雨が降った。馬の蹄の跡を泥水が押し流す。

この地では、生き物の痕跡がこんなにも簡単に消えるのだ。この状況で追跡するのはティグルであっても困難である。さすがに、もはや追っ手の心配はいらないだろう。

　急に、周囲が明るくなった。眩しいほどだ。

　森を抜けたのである。ティグルたちの眼前には緑豊かな丘陵が広がっていた。

　少し離れた平原で、やけに首の長い生き物が背の高い木の上方についた大きな葉を食べていた。さらに遠方では、狼よりひとまわりかふたまわり大きな麦色の毛の生き物が背の高い草に隠れながらあちこち行き来している。獅子《しし》だ。

　猫の鳴き声が聞こえた。

　そばの地面をみれば、黒い子猫が座り、馬の上のティグルをじっとみあげている。ティグルは軽い眩暈《めまい》を覚えた。かつてみた光景が意識の上で重なる。

「猫の王」

　気づくと、ティグルは呟いていた。この黒猫とかつてアスヴァール島で出会った白猫とはなんの共通点もないはずなのに、なぜだかそのふたつ名を思い出したのである。

　はたして黒い子猫は、もういちどかわいらしく鳴いたあと、きびすを返して草むらに消えた。

　ティグルは大きく息を吐く。

　リムの馬が寄ってきた。

「どうしましたか、ティグル」

「いや、なんでもないんだ」

　ティグルは首を横に振った。

ふと、南の丘の向こう側から煙が立ち上っていることに気づいた。灰色の中に黒いものが時々交じる不穏な色の煙だ。

「あちらには私たちの宿営地のひとつがあるのですが……」

女のひとりが緊張した面持ちで告げる。ティグルとリムは馬の腹を蹴り、煙の上る方角を目指した。

丘に登ると、視界が開ける。彼方の草原に大小合わせて三十以上の天幕が張られていた。その周囲にはたくさんの人と、そして人よりも数の多い馬の姿がみえる。

その天幕のいくつかが燃えていた。

天幕に火をつけているのは、三十騎ばかりの弓騎兵だった。それに追われるように、多くの人が逃げ惑っている。弓騎兵に対して散発的に立ち向かう者たちがいるものの、勇敢だが無謀な彼らはたちまち複数の矢を浴び、倒れてしまった。

「『一角犀《リノケイア》』の奇襲です。どうして彼らにこの場所が……」

「議論はあとだ。リム」

「はい、ティグル。参りましょう」

ティグルとリムの馬が丘を勢いよく駆け下りる。

「無茶です！　お戻りください！」

女たちが制止の声を出すが、それは無視した。弓騎兵たちは上半身が裸で、いずれも背中に大きな一本角を持つ獣の刺青を彫っていた。一方の襲われている側の戦士は、肩に翼を広げた鷲の刺青がある。ここまでわかりやすければ、敵味方の識別で苦労することはないだろう。

揺れる鞍の上で弓に矢をつがえる。

今の弓騎兵部隊との距離は、三百アルシン（約三百メートル）と少し。

狙いをつけて、矢を放つ。

その一矢は、狙い過たず、弓騎兵のひとりの側頭部に突き刺さった。

男の身体が宙を舞い、炎上する天幕に飛び込んで燃え上がる。騎手を失った馬は、見当違いの方向へ駆けていった。

ティグルは馬で丘を駆け下りながらさらに三本、矢を放つ。

矢はいずれも、弓騎兵の急所を射貫いた。馬上で倒れた男たちを乗せて、馬は草原を駆け抜けていく。

だがその程度では焼け石に水だ。

「敵が来たぞ！」

この地の言葉で『一角犀《リノケイア》』の弓騎兵のひとりが叫ぶ。ティグルたちの方角を指さした。

『一角犀《リノケイア》』の弓騎兵たちは互いにうなずきあうと、ひとまとまりになった。二十騎以上が『天鷲《アクイラ》』の宿営地を出て、丘から駆け下りるティグルたちの馬に接近してくる。

——女子どもを狙っていた奴らがこちらに狙いを変えた時点で、成功だ。

ティグルは敵の得物を観察した。弓騎兵たちの手にする弓は、馬上で扱うのに適した短弓だ。もともと弓騎兵とは、短弓の弱点である射程を馬の機動力で補う兵種なのである。射程で負けていても、高速で移動していれば、矢などそうそう当たらない。

黒弓のような本来は地上で扱うための弓を馬上で易々ととりまわし、高速移動する馬上の敵に当ててみせるティグルのような凄腕の射手は想定外であった。

「あの敵は白肌だ！　女もいるぞ」

「傭兵か？　構わん、殺せ！」

弓騎兵の隊長とおぼしき髭面の男が、副官らしき男とこの地の言葉でそんなことを叫んでいる。まあ、この地で白肌の者は目立つ。

敵が一斉に弓に矢をつがえた。いずれも足だけで見事に馬を操っている。これほどに馬に熟達した者たちの数を揃えるのは、北大陸ではそうとうに困難だろう。騎士が弓を厭うブリューヌであれば論外である。

とはいえ、互いに馬で距離を詰めながらの射撃だ。

一斉に放たれた矢の大半はティグルとリムの馬にかすりもしない。それでも一本だけ、まっすぐティグルのもとへ飛来する矢があった。

リムの馬がティグルの盾になるべく前に出ると、槍を振るい、その矢を切り払ってみせた。

弓騎兵たちがどよめく。

「北の女騎士だ！　凄腕だ！」

ティグルは三本の矢を同時に矢筒から抜き、黒弓につがえる。心得た連係でリムの馬が脇に退き、射線を開ける。ティグルは三本の矢を同時に放った。

矢は三筋の放物線を描いて、三人の弓騎兵の身体に吸い込まれる。

それぞれ肩と腹と脚に突き刺さり、弓騎兵は馬から転がり落ちる。頭から落ちた彼らは首の骨を折ったことだろう。生きてはいまい。

「あの弓騎兵は誰だ？」「魔弾の神子《デウリア》か？」「いやみろ、あいつも白肌だぞ」

弓騎兵たちが困惑している。そうこうするうちにも互いの距離が急速に詰まる。弓騎兵のなかでも特に前に出ていた男が、弓を捨てて曲刀を抜いた。

「女、何者だ！」

「リムアリーシャ」

その騎兵とリムの馬が交錯する。

リムは相手の曲刀の一撃を槍で払い、そのままの勢いで体勢を大きく崩した相手の胴を突いた。男は呻き、馬上で倒れる。馬は男の死体を乗せたまま走り去った。

「女も凄腕だ！　懐に入らせるな！　馬に矢を浴びせろ！」

残りの弓騎兵たちがリムの馬を狙う。

彼女を援護するべく、ティグルはたて続けに矢を放った。矢はいずれも弓騎兵たちの馬の前脚に突き刺さる。一頭はもんどりうって倒れ、一頭は暴れ狂って後ろの馬を巻き添えに横に転がる。もう一頭は騎手を振り落として転倒した。

隊列を組んでいた弓騎兵たちは大きな混乱をきたし、リムの馬に対して射かけた矢も、てんで狙いを外して近くまで飛んだものすら一矢もないありさまであった。

「死にたくない者は武器を捨てなさい」

リムが混乱する敵に切り込む。

すれ違いざまに槍で突き、またたく間に二騎を仕留めてみせた。そのうちの一騎は、さきほどから声を張り上げて指揮をしていた隊長とおぼしき者である。

「駄目だ、この白肌たちには勝てない！」

副官が叫んだ。

指揮官を失い、残り十五騎ほどとなった弓騎兵たちは三々五々《さんさんごご》に逃げていった。ティグルとリムはそれを追わない。

今、やるべきは敗残兵の追撃ではないという判断である。

なにせ宿営地には男の数があまりにも少なすぎた。狩りに出ている隙を狙われたのだ。

不用心すぎる、と言うのは簡単だが、それは彼らの食糧事情とも関係しているに違いない。

戦に負け、この地まで逃げ延びる間に多くの男手を失った彼らは、その大半を狩猟に投入しなければ明日の飯もまかなえぬありさまなのだ。

ティグルのその推測は、これまで案内の女から聞いていた話とも符合する。

「消火の手伝いをしましょう」

リムの言葉にティグルはうなずく。

†

火災がおさまるころには日が南中していた。多数の死者と負傷者を抱えた宿営地に、早朝から狩りをしていたという男たちが戻ってくる。思ったよりもずっと被害が少ないことに安堵している様子であった。

「あなたが新たな魔弾《デウリア》の神子か。歓迎する」

狩りのリーダーとおぼしき壮年の狩人が、たくましい腕を差し出した。ティグルはその手を握るが、魔弾《デウリア》の神子であることについては否定しておく。自分たちは人を捜すためにこの地を訪れただけであると。

狩人はティグルの態度に肩を落とし、「弓巫女様と話をして、気が変わったら嬉しい」と残念そうに言った。

「あなたが『一角犀《リノケイア》』の奴らをやっつけた様子は聞いた。あなたであれば、あのギスコを倒すことも可能であろうに」

「ギスコ、とは『一角犀《リノケイア》』の指導者でしょうか」

リムが訊ねる。男はうなずいた。

「『一角犀《リノケイア》』の魔弾の神子《デウリア》だ。若いが傲慢《ごうまん》で粗暴な男で、前の魔弾の神子《デウリア》を殺し、なりかわった。わがままで誰も信用していないが、弓の腕だけは立つ。今では『一角犀《リノケイア》』は奴と奴のお気に入りの乱暴者たちが支配しているよ。『一角犀《リノケイア》』の弓巫女様はギスコのもとから逃げ出そうとして捕まり、足の腱を切られたそうだ」

ひどい話であるが、部族にとっての弓巫女の重要性を思えば、そのギスコという男にとっては弓巫女が自ら歩けないくらいでちょうどよいのだろう。

しかし、そこまで弓巫女に対する敬意がない者が指導者になれるとは。

ジスタートの戦姫と似たような、武器を頂点とした支配制度があるとはいえ、内実はかなり違うなとティグルは考える。

この地は、そう、純粋な力の論理に支配されている。野蛮、と言ってしまえばそれまでだが、それだけ激しい競争があるということでもあった。冬の厳しいジスタートとはまた違った類いの生存競争である。

「今、捕虜を尋問しているが、この襲撃もギスコの部下が勝手にやったものらしい。あいつらは人を殺すことを楽しんでいるんだ」

「戦えない者に対する襲撃は、この地の戦の作法からは外れている、という理解でいいのか」

「もちろんだ。敵対する部族から人を根こそぎ刈り取っていたら、いつか国そのものが失われてしまうだろう。『一角犀《リノケイア》』だって前の代の頃は、こんなことをしなかった。しかし当時の幹部は、皆、ギスコに殺されるか閑職に追いやられたと聞く。今、騎兵の指揮を執っているのはギスコの子飼いの乱暴者たちだ」

どうやらティグルは彼ら騎馬民族を少し誤解していたようだ。最初に町中で襲撃してきた者たちがギスコの手下であったことから、いたしかたないことではあるが、あれが七部族では例外であると知るだけでも助かることである。

ティグルとリムの目的である攫われた少女が今、どこにいるかは知らないが、『一角犀《リノケイア》』の部族に囚われているのでもない限り、多少は安全であろうと思えるのだから。

ここまで道案内してくれた女たちによれば、この宿営地からもう少し南西に行ったところに部族の本拠となる大規模な宿営地があるという。弓巫女ディドーは、そこでティグルたちを待っているとのことであった。今から馬で急げば、夕方までにはつくだろう。

ティグルとリムはふたたび馬に乗る。そこで、先ほどの狩りのリーダーに呼び止められた。

「先ぶれが来ました。じかに被害を確認するため、ディドー様……弓巫女様が自らこちらに赴かれるようです。すでに向こうの宿営地を発ったとのこと」

どうやらこの部族の指導者は、ずいぶんと腰が軽い。

ティグルとリムは、弓巫女の到着をこの宿営地で待つことになった。

その間に、料理が振る舞われた。鶏肉や羊肉にオリーブ油をたっぷりと塗りつけて焼いたものを、手づかみで食べる。甘みのある豆で味つけされていて、いくらでも食べられるような気がした。

「表面に油を塗ることで、蠅が近寄らなくなるのですよ、白肌の魔弾の神子様《デウリア》」

部族の戦士がそんなことを教えてくれた。


はたして、しばしののち。

数騎の弓騎兵に守られて幌《ほろ》のついた馬車が宿営地にやってきた。

この地では女でも馬に乗るというが、弓巫女は幌馬車で移動するのだろうか。そのあたりのしきたりについて、ここまで先導してくれた女に訊ねてみる。

「弓巫女様は、馬の扱いがいささか苦手でいらっしゃいます。この地で育った方ではないので、それも致し方ありますまい」

「この地で育ったわけじゃない？　あなたがたの指導者が？」

「はい。弓巫女様は遠い北の地で育ち、先日、部族に戻っていらっしゃったのでございますよ」

ティグルとリムは顔を見合わせる。

「待ってください。それは……」

　幌馬車が止まり、中からひとりの少女が降りてきた。部族の他の者と同じ褐色の肌の持ち主で、部族の者たちと同じような服を着ている。違いは装飾品が多い髪飾りや指輪、首輪などを身に着けていることくらいだろうか。

　弓巫女とおぼしきその者が、ティグルとリムの方を向く。

　その顔を、ふたりは知っていた。

　後ろで束ねた銀色の髪が揺れる。紅の瞳がふたりをみつめる。少女は笑顔で口を開いた。流暢なジスタートの言葉が流れだす。

「お久しぶりです、先生。それと、ティグルヴルムド卿」

「エリッサ！」

　リムが叫ぶ。

　このときはじめて、ティグルは理解する。

　弓巫女の少女ディドーこそ、ティグルとリムが捜し求めていた少女、ジスタートで誘拐されたリムの教え子である、エリッサその人であった。

第2話　弓巫女《アルディア》ディドー

弓巫女《アルディア》ディドー。

誘拐されたジスタートの商人エリッサ。

それは、同一人物であった。

今、現地の者たちに弓巫女様と呼ばれる少女は、襲撃を受けた宿営地をまわって細かく指示を出している。

「先生、ティグルヴルムド卿、詳しい話はあとにしましょう。まずは火急の用事を片づけます」

彼女には語りたいことも聞きたいことも山ほどあるのだが、宿営地の惨状を鑑みればいたしかたあるまい。

弓巫女ディドーは、焼けた天幕のうち再利用できそうなものと完全に使いものにならなくなったものを分別し、幌馬車《ほろばしゃ》で運んできた資材を提供して建て直しを命令した。

同行した薬師が負傷者を手当てする間に、死者を弔い、埋葬するまでの段取りを組む。死者の家族が涙を流して喜ぶ様子から判断して、弓巫女が死者に言葉をかけることには部族として大きな意味があるようだった。

「焼けた食料と無事だったものの分別をお願いします。書面での提出はあとで構いませんが、提出そのものは必ず行ってください。記録として残しておけば、みなさんの被害に対して必ずや報いを与えます」

書面、と言ったとき応対する年長の狩人が少し顔をしかめた。

「先代の頃は、そんなものはなかった」

狩人はぼそりと呟《つぶや》く。きちんと羊皮紙《ようひし》にしたためて管理するという施策は、新たな弓巫女が導入したものである様子だ。その年長者のかわりに、若い狩人が羊皮紙を片手に弓巫女の指示を書き留めていた。

弓巫女ディドーの指示は、手際よく、簡潔《かんけつ》だった。

ただし、指示を受けとって真っ先に動き出すのは、年長者のそばにいる若者たちだ。年長者の多くは、そもそも文字がわからないようである。

「この年で文字を習うなんて、そんなことできるもんかい」

弓巫女から離れたところで年寄りの女がぼやいている。それに対して若い女が、自分たちは今の方がやりやすい、と年寄りに告げていた。

「そんなものかね。たしかに弓巫女様のおかげで配給がきちんとまわるようになったみたいだけど……」

「宿営地ごとに足りてるものと足りないものがバラバラだった、って弓巫女様はおっしゃっていたよ。数にして表にまとめると、それがわかるんだって」

「私が若い頃は、そんなの商家《しょうか》のやることだって馬鹿にしてたんだけどねえ」

旅の途中でこの地の言葉を学習していて知ったことだが、騎馬の民にとって商家、というのは都市部に住む者たち全員に対する呼称である。一般的に、騎馬の民は商家を下にみているようである。

世代交代が起きているな、とティグルは考える。急激な革新は反発を生むのが世の常だが、この部族は現在、たいへんな苦難の時にある。大きな戦いに敗れて、熟練の戦士を失ったのだろう。部族の存続も危ういほどの打撃であった様子だ。

弓巫女がその苦難を救ったという意識が共有できるなら、改革への障害はまだ少ないのかもしれない。

「この宿営地は三日後に破棄しましょう。移転候補地の策定と襲撃者への偵察はこちらで出します。戦士のみなさんは傷を治し疲れを癒《い》やすことに専念してください」

「しかし、襲われたのは我々です。このまま侮《あなど》られては……」

「侮られたのは私たち部族のすべてです。『一角犀《リノケイア》』に対しての借りは必ず返しますので、今は忍従のときと心得てください。私は戦のことなど分かりませんが、損得勘定《そんとくかんじょう》はできます。心配なさらずとも、遠からず反撃の時が来ますから」

弓巫女の権威がどんなものか、ティグルは知らない。だが彼女は忍耐強く男たちを説得し、追撃しようと血気に逸《はや》っていた者たちを落ち着かせていた。小柄な少女が大柄な男たちを相手に一歩も退かず、懇々《こんこん》と説き伏せている。

「エリッサは年上の部下を使うことなどお手の物ですからね。取り引きの相手も、ひとまわり以上年上の男性が大半だったようです」

リムが言った。なるほど、彼女が商人として学んだことは、今こうしてより大きな形で生かされているということか。

問題は、どうしてそのような境遇に至ったか、そして今の彼女がどうして、こんな積極的にカル＝ハダシュトの部族間の争いに関わっているかなのだが……。

ほどなくして、呆然《ぼうぜん》と見守っていたティグルとリムのもとへ、弓巫女ディドーの衣装をまとったエリッサがやってくる。

「先生、ティグルヴルムド卿。お待たせしました。私たちの宿営地に戻るので、幌馬車に乗っていただけますか。荷を降ろしたので、三人で乗る余裕があるのですよ」

三人だけで会話したいということだ。ティグルとリムは互いに顔を見合わせたあと了承のうなずきを返した。

†

「まずは、攫《さら》われた私の救出のため、はるばるこの南大陸《メリデール》まで来てくださって本当にありがとうございます」

幌馬車の中で三人だけになったあと、エリッサはティグルとリムに深く頭を下げた。

「今、おふたりの頭の中は疑問で一杯だと思いますので、先に私のことを説明させていただきますね」

そう前置きして、少女は語る。

「私、ただの商人エリッサは、ジスタートでカル＝ハダシュトの者に攫われ、当時はカル＝ハダシュト本島にいた『天鷲《アクイラ》』の部族の大宿営地まで連れてこられました。そこで私は、病魔に蝕まれ死にゆく先代の弓巫女から弓巫女の地位を譲り渡されたのです」

「この部族の者たちは、きみを弓巫女にするために連れ去ったのか」

とんでもない話であった。たしかに彼女は褐色の肌の持ち主だが、どうしてただの商人が誘拐され、遠いこの地で弓巫女の地位を譲られることになるのか。

「エリッサ、なぜあなたが弓巫女となる必要があったのですか」

「父と母がこの地の民であったことは知っていました。でも母が弓巫女の一族のひとりで、他の一族の者がほとんど死に絶えていたことは知らなかったのです。部族で弓巫女の地位を確実に引き継ぐことができたのは私だけで、だからこそ誘拐犯たちはわざわざジスタートまで赴き私を攫ったというわけですね」

「なるほど、あなたのお母上が……。たしかに一度だけお会いしたことがありますが、どこか気品のある方でしたね」

エリッサの両親は近年、流行《はや》り病《やまい》で死去したという話をティグルは事前に聞いていた。彼らがカル＝ハダシュトから移ってきた商人である、とも。まさか彼女がそのような貴種の血を引いていたとは……。

「父と母がこの国を出奔《しゅっぽん》するまでの経緯はいろいろあったようです。でも結果的には、部族の外に弓巫女の血を残すことができたわけです」

「あなたはそれで納得しているのですか。ジョジーはエリッサ商会を切り盛りして、あなたが帰ってくるのを心待ちにしていますよ」

「そうですか、ジョジーが……」

親しい部下の名前を出されて、エリッサはしばし馬車の床をみつめた。彼女にとっての故郷であるライトメリッツの公都、そこに建てられたささやかな彼女の城、エリッサ商会の唯一の店舗。それを手に入れるまでには無数の苦労があったという。

行商人として出発した彼女が公都に店を出すのは彼女の夢であったと聞いたことがあった。ようやくその夢が叶い、すべてが上手く転がりはじめた、そのときになって、彼女は誘拐され、この地に連れてこられた。

血筋としては彼女のルーツでありながら、なにも知らないこの異邦の地。冬の厳しいジスタートとはなにもかもが違う常夏《とこなつ》の国に。

エリッサは顔をあげた。まっすぐリムをみつめる。

「なりゆきでこの部族を率いることとなりましたが、今はどちらかというと積極的に部族の為に駆けまわっています」

そのうえで、と彼女は続ける。

「先生、ティグルヴルムド卿、お願いします。どうかこの私に、『天鷲《アクイラ》』の弓巫女ディドーに雇われていただけませんか」


エリッサは続けて語る。

誘拐され、カル＝ハダシュトに連れて来られた当初、少女は周囲に対してひどく反発していたという。言葉もわからぬ地で、見知らぬ者たちに囲まれ、自分がいったいどうなるのかもわからず不安を覚えた。

誘拐犯たちは「姫様、姫様」と下にも置かぬ扱いをしてくれたが、それすらもひどく不気味に思えて仕方がなかったという。

彼女の血筋に利用価値がある故、はるばるこの地に連れて来られたのだという説明を受けたのは、病魔に冒された弓巫女との対話の折であった。

その中年の女は、エリッサをみて泣き出した。

「ディドー、あなたの母は自由な方でした。本当は、あなたにいつまでも自由であり続けて欲しかったと、心からそう願っておりました。ですが、今はこれしか方法がないのです。ごめんなさい、本当にごめんなさい」

病床の彼女は、エリッサを抱きしめた。

簡単に振りほどけそうなほど弱々しい彼女の抱擁《ほうよう》を、しかしエリッサは振りほどけなかった。

ディドーとはこの地におけるエリッサの名であるという。ならばこの地で暮らす間くらいはディドーであろうと思った。

その気になれば、見張りの目を盗み、いつでも故郷に戻れる。そう考えることができるほど、監視の目は緩かった。

ところが、そうはいかぬ事情ができてしまった。

その弓巫女の死と同時に、エリッサの身体には部族の保有する神器たる矢が宿ってしまったのである。

それがどういう意味か、エリッサは知っていた。ジスタートにおいて戦姫は王が選ぶと一般には言われているが、実際は竜具《ヴィラルト》自身が戦姫を選ぶ。そのことを彼女は、リムから聞いていた。

なぜエレンが戦姫になったのか、その経緯である。

先代の弓巫女がエリッサに語った、「血筋には利用価値がある」という意味を、このとき初めて理解した。

　この部族の矢は、竜具と少し違い、特定の一族の血に反応すると知ったのはその後のことである。一族のほかの者がもはやほとんどこの世におらず、それゆえエリッサがこの地に連れて来られたことも。

「もし私がジスタートにいたら、矢は誰を選んだのでしょうか」

　その答えは、誰も知らなかった。

　ひょっとしたら、矢はそれでもなおジスタートまで飛んで行ってエリッサを選んだかもしれない。はるか遠くに誰も知らない血縁がいて、その者を選んだかもしれない。いずれにせよ、『天鷲《アクイラ》』の部族は弓巫女を確保できなくなり、途方に暮れていたことだろう。

　そのころ、双王《そうおう》が亡くなった。

　次の双王を選ぶための儀式が始まろうとしていた。七人の弓巫女と七人の魔弾《デウリア》の神子から、ひと組みの代表を選ぶのだ。そのふたりがカル＝ハダシュトの双王となり国を治めることになる。

　問題は、今回のこの儀式が、たいへん血生臭いものになるであろうということであった。一部の部族が話し合いを拒絶し、力による決着を望んだのである。双王の権力と権威は大きい。どの部族も、次こそは我らがと、少しでも有利になろうと立ちまわる。

　そして結局のところ、もっとも早いのは対立候補となる部族の弓巫女及び魔弾《デウリア》の神子を始末してしまうことであった。

新たに弓巫女となったエリッサは、ちょうどいい獲物として対立する部族である『一角犀《リノケイア》』に目をつけられた。

そのころ、両部族の間で若干の係争が存在したことも尾を引き、部族同士の全面的な戦争に発展してしまったのである。弓巫女となったばかりで部族のことをほとんど知らないエリッサには、この流れを止めようがなかった。

戦争の緒戦は『天鷲《アクイラ》』にとって手痛い敗北に終わった。

魔弾《デ》の《ウ》神《リ》子《ア》はエリッサの傍で命を失い、エリッサ自身は多くの者の犠牲のもと、命からがら逃げ延びた。

九死に一生を得た形だが、それで終わりではなかった。『一角犀《リノケイア》』はこれを機に『天鷲《アクイラ》』を部族まるごと滅ぼそうと試みたのである。長きに渡るカル＝ハダシュトの歴史でもこれほどの殺戮はなかっただろう、と思われる大規模な虐殺が始まった。

無抵抗の老人や子どもが殺された。

女は『一角犀《リノケイア》』の奴隷として連れていかれた。エリッサを殺したあと、新たな弓巫女として選ばれる可能性がある者を少しでも多く部族の内に抱えるためであろうと思われた。『天鷲《アクイラ》』の誰が弓巫女の血を引いているのか、というのは部族でも一部の者にしか伝えられていない情報なのである。

弓巫女を隷属化することができれば、双王を選ぶ儀式において他よりはるかに有利となる。

過去にも似たようなことを試みた部族はあったが、たいていは他の部族の横やりが入り、複雑な力関係や利害の不一致によって目的の完遂は難しかったのだ。それが今回は、ここまで徹底した措置に踏み込むことができた。

その理由は簡単である。

『一角犀《リノケイア》』の動きをみて、他にも似たような試みを行った部族があったのだ。

現在、カル＝ハダシュトの本島はかつてない戦乱の最中にあった。七つの部族は互いを滅ぼすべく、あらん限りの力で争っていた。

「私は、ただの傍観者のつもりでした。部外者の自分は代理の弓巫女として『天鷲《アクイラ》』に力を貸しているにすぎないと思っていました。ですがいつの間にか……」

自分を守って死んだ者たちの末期のまなざしが、その言葉が、彼女の心に突き刺さった。自分自身も当事者であると理解した。

なによりも、自分のために死んだ者たちの志が、彼女に、この部族の遺された人々を守りたいという強い気持ちを植えつけた。

きっとそれは呪いなのだろう、とエリッサ自身は述懐《じゅつかい》する。

本来であれば、エリッサはとっとと逃げ出すべきだったのだ。こんな彼女の商会にとってなんの関係もない土地で、彼女にとってなんの得にもならない戦いに関わることなど意味はないと、すべてを見捨てて早急にジスタートに戻るべきだった。

「でも私には、それができなかったんです。私はもう関わってしまった。彼ら、彼女らの窮状を知り、弓巫女として導いて欲しいという懇願《こんがん》を聞いてしまった。私の理性の一部は、そんなことをしても無駄だと訴えていました。でも私の中でいちばん大切な心のどこかが、彼らを見捨てたら、それはもうエリッサではなくなってしまうと叫んでいたんです」

エリッサはこの窮状において、『天鷲《アクイラ》』の部族をひとつにまとめることを決意した。

「私の決断は、島から東に、大陸に逃げることでした。部族まるごとの大移動です」

かくして『天鷲《アクイラ》』は『一角犀《リノケイア》』の執拗《しつよう》な追撃を振り切って本島から大陸に渡り、この地で態勢を整えることになった。

そのもくろみは、おおむね成功した。多くの犠牲を出したものの、痩《や》せ衰えていた馬はこの肥沃な大地でたっぷりと休息をとることができた。兵士たちの傷を癒やし、若者たちの訓練をすることができた。替えの馬を確保し、獲物を狩って矢を揃えた。

そもそも『天鷲《アクイラ》』は、部族がひとつになって戦うための組織がろくにできていなかった。特に兵站《へいたん》組織が劣悪で、個々が現地徴集に頼るだけであったという。エリッサはジスタートで学んだ官吏《かんり》組織と商人としての才覚を駆使して、短い期間でこれを整えた。

結果、今がある。

宿敵たる『一角犀《リノケイア》』は、『天鷲《アクイラ》』を追って大陸にやってきた。だがそれは主力の一部でしかなく、上手く敵を分断したかたちとなった。大敗北から五十日と少し、エリッサは部族に爪を隠し牙を研ぐよう命じてきた。

「部族で戦える者は、二千人を少し下まわるくらいです。馬はみての通り豊富で、矢もたっぷりと用意しました。足りない戦力は傭兵を頼ります。既に商家を通じて雇った傭兵二千人がこちらに向かっています」

反転攻勢の時期はきた。

しかし、ただひとつ。未だ足りないものがある。

「これは、私のわがままです。ジスタートにとって、ライトメリッツにとって益のないことです。ただの私利私欲と思ってください。それでもお願いします。リムアリーシャ先生、ティグルヴルムド卿。どうか、私に力を貸してください」

まっすぐにふたりをみて、エリッサはそう告げる。

「今、私に……この部族に足りないのは、軍を率いる指揮官と新たな魔弾の神子《デウリア》なのです」

†

ティグルとリム、それにエリッサを乗せた幌馬車は、『天鷲《アクイラ》』の現在の中枢である大宿営地に到着した。

丘の上の大天幕を中心として放射状に百以上の天幕が広がっている。その周囲では無数の馬が思い思いに草を食んでいた。

エリッサの言う通り、馬たちの状態がいいなとティグルは思う。長く逃避行を続けていたとは思えないくらい、よく肥えている。対してさきほどティグルたちが戦った『一角犀《リノケイア》』の小部隊の馬は、ひどく瘦せていた。

敵の馬の状態はエリッサたちもよく把握しているのだろう。あの小部隊が無理な焼き討ちに走ったことにも、そういった焦りがあったからではないだろうか。

「先ほどのお話、考えておいてください。では明日の朝、また」

幌馬車から降りて、弓巫女ディドーに戻ったエリッサはそう言うと背を向けた。

駆け寄ってきた屈強な戦士たちが、大天幕へ向かう弓巫女に頭を下げている。弓巫女ディドーは彼らに笑いかけ、積極的に言葉をかけていた。怪我の具合はどうか、家族は大丈夫か、あなたの馬の産後はどうか……。

ティグルとリムのもとへ壮年の男がやってきて、自分が案内役であると少しぎこちないジスタートの言葉で名乗った。

「ディドー様より詳しい事情はお聞きしております。部族のことは、どんなものでもお見せするようにと申しつかっておりますので、どうぞ遠慮なくおっしゃってください」

どこを見学してもいいと言われ、リムが目を輝かせた。仮にも公主代理《アドワール》として、他国の未知の部族を知る絶好の機会である。ただティグルとしては、この地で狩りをする者たちの話をまず真っ先に聞いてみたいところであった。

「俺とリム、別々にみてまわることは可能だろうか」

「もちろんです、竜殺し様。そういうことでしたら、先に戦士長のもとへご案内いたしましょう。戦士長のナラウアスも、あなたの話を聞きたがるでしょう」

竜殺し。どうやらティグルのアスヴァールでのいきさつを、この人物は、そして少なくとも部族の一部はよく知っているようであった。

あまり期待されても困る。ティグルの黒弓はあれからなんの反応もなく、今やただの頑丈な弓以上のものではない。リムも双紋剣《カルンウエナン》を失い、竜のような化け物と戦う力はない。

彼に案内された先の比較的大きな天幕のそばで戦士長ナラウアスとして紹介された男は、他の者より頭ひとつ大きく、がっしりとした身体の、あちこちに古傷のある屈強な人物であった。

男はティグルをじろりとみつめたあと、ゆっくりとうなずき「若いのにたいしたものだ」とこの地の言葉で感嘆の声をあげる。

彼の視線は、一瞬でティグルの腕や肩、背負った黒弓、そして瞳と目まぐるしく動き、ティグルの力量を測った様子である。少なくとも名声のすべてが虚構ではない人物であると判断してくれたようだ。

「ティグルヴルムド＝ヴォルンだ」

「戦士長のナラウアスだ。案内しよう。ついてきてくれ」

それだけ言って、身軽に手近な馬に飛び乗る。どうやらどの馬を使ってもいいらしいと理解したティグルはすぐそばを通りかかった馬に乗った。ナラウアスはまた満足そうにうなずく。どうやらこれも試しのひとつであったたか。乗馬に関しても合格を貰えたようだ。

「リム、それじゃ、また後で」

「ええ、ティグル。気をつけて」

ティグルとリムはそれぞれの知りたいものを知るため、その場で別れた。


戦士長ナラウアスが案内してくれたのは、大宿営地から少し離れた草原だった。ティグルと同じくらいの年頃の青年たちが、馬に乗って百人ほど集まっている。彼らは弓騎兵の卵の一部だった。同じ方向に走りながら弓を横に構え、矢を少し離れたところに設置された方形の的に当てる訓練をしていた。的には赤い塗料で雑に人体が描かれている。

青年たちは手綱《たづな》から手を放し、足だけで器用に馬を操って集団での進行方向を維持したまま、互いの邪魔にならないように騎射を続ける。

これだけでも相当な練度《れんど》が必要だ。少なくとも、北大陸《ネステール》でこれが安定してできる部隊はほとんど存在しない。

わずかな例外はジスタートの騎馬民族や東方のムオジネルで、幼い頃から人馬一体となって育った者たちが騎兵となる。たいへん卓越した技量であるという。

彼らの騎射の技量は、なかなかのものだった。百頭ほどの馬が草原をだく足で駆けるなか、彼らは矢を横に向けて、五十アルシン（約五十メートル）ほど先に並んだ的に次々と矢を射かけている。

的に当たるのは十本に一本といったところだが、その大半は的からそう外れていない場所を通り過ぎていた。実戦では数こそ力だ。この程度の技量があれば、敵部隊に矢を雨のように浴びせることができるだろう。

「やってみるか」

ナラウアスが問いかけてくる。

——試されているな。

ティグルは笑い、背中の黒弓をとり出した。悪戯心《いたずらごころ》が湧く。せっかくだ、と馬を走らせながら矢筒から三本まとめて矢を抜いた。

「白肌だ。弓を持っているぞ。戦士長の知り合いか？」

青年たちが接近してくるティグルに気づく。すぐ後ろのナラウアスが合図を送ったのか、彼らは一斉に馬を返してティグルに道を空けた。

馬術に関してはすでに見事な技量で、じつに統制がとれている。ティグルは感嘆の念を覚えた。

それはそれとして、と三本まとめて弓に矢をつがえた。

的まで百アルシン（約百メートル）ほどの距離から連続して矢を放つ。一本目の矢が的の中央、人体の心臓にあたる部分に突き刺さった。次の矢が、前の矢より拳ひとつ上に刺さる。三本目は最初の矢の真下に、これも正確に拳ひとつあけて突き刺さった。

三本の矢が綺麗に一列に並んで突き刺さった様子に、どよめきがあがる。

「信じられない。あんなの、まぐれに決まってる」

誰かがこの地の言葉で呟いた。ティグルはにやりとすると、一度その場を通り過ぎたあと馬を返して再度、加速した。

狙いは、五つの的が並んでいるあたりだ。距離は二百アルシン（約二百メートル）。今度は五本、矢をまとめて抜くと次々に弓につがえ、放っていく。さきほどの倍の距離から放たれた五本の矢は、五つの的の中央を正確に射貫《いぬ》いた。

青年たちは、信じられないものをみたという表情だ。ティグルが馬の足を緩めると、たちまち彼らの乗る馬がティグルの馬を囲んだ。

「今のはどうやった。いや、お前は誰だ」

「白肌のくせになんて腕前だ。刺青《いれずみ》はないが、どこの部族で育った」

「その黒い弓に秘密があるんだろう。どこで手に入れた？」

次々と、早口で遠慮なく質問を浴びせてくる。現地の言葉ゆえ、その一部しか聞き取れず、ティグルは困惑した。

それをみてとったナラウアスが大声で「散れ」と命じる。

青年たちはさっとティグルから離れた。「二列」と彼が告げると、馬を巧みに操って二列縦隊をつくってみせる。よく躾けられていた。

「ティグルヴルムド卿、若い者がすまない」

「気にしないでくれ。少し驚いただけだ」

「ティグルヴルムド卿だって？　アスヴァールの？」

青年たちのひとりがティグルの名のあと、なにか叫んだ。皆が口々にティグルの知らない単語を叫んでいる。ティグルが首をかしげると、ナラウアスは「この地の物語で、竜を殺した者の名を、あなたに重ねているのだ」と告げた。

「ひとつ訂正すると、俺はアスヴァール人じゃない。ブリューヌという、アスヴァールよりずっと東の国の生まれだ」

「では、あなたは本当に竜を殺したのですか」

物おじしない青年が訊ねてくる。ティグルが首肯《しゅこう》すると、また一斉に彼らが沸く。

「もしかして、竜殺し様が魔弾の神子《デウリア》になっていただけるのですか。だったら『一角犀《リノケイア》』なんてひとひねりだ。あんなやつら、皆殺しにしてやる！」

青年たちは士気旺盛《おうせい》に、目を血走らせて「『一角犀《リノケイア》』は殺せ」「全滅だ」「ひとりも生かすな」と叫ぶ。ティグルは困惑してナラウアスをみた。

「彼らは皆、これまでの戦いで友や肉親を失っている」

言葉を失う。

それが族滅の戦いというものか、と今更のように得心した。どこまでも激化していく殺し合い。それはティグルがこれまで経験した戦争ではなかった。

アスヴァールの内乱では、例外はあれど両軍とも、どこかで一線を引いていたのである。加えて内乱に勝利したギネヴィアは、敵対した諸侯に対してティグルも驚くほど寛大な処置を行った。

言い方は悪いが、アスヴァール内乱は、ルールを守った、お行儀よく節度ある戦争だったのである。

それはアスヴァール島が仮にも三百年間、ひとつであり続けた、異質なるものを徹底的に排除してのけた結果生まれた同化の果てであろう。三百年前の光景を幻覚のなかでみたことがあるティグルは実感としてそのことを理解していた。

今、この地で起こっていることは、その原始アスヴァールでの闘争と似ていた。

この地は統一した国となってもなお、異質なるものを排除せず、七つの部族の対立は内部に潜んだだけにすぎなかったのである。内部でくすぶっていた火種は、ひとたび強い風が吹けば大火となって周囲のあらゆるものを食い荒らす。

どちらが善い、悪いという話ではない。

この地において起こっている出来事はこうである、というだけのことだ。ティグルがするべきことは彼らを肯定することでも否定することでもなく、この地の争いに介入するということはこの骨肉の争いに手を貸すということを納得することだけであった。

そのうえで、ティグルは選ばなくてはいけない。

彼らの事情に踏み込むべきか、ここで身を退くべきか。踏み込む場合、当然ながらリムも巻き込むことになる。どちらかが残り、どちらかが国元へ戻るということはありえない。

「なんにせよ、リムと話し合ってからか」

この問題については棚上げし、ティグルは視察を続けた。

ナラウアスは本当に包み隠さず、部族の軍事事情を開示してくれた。

彼らが皆、優秀な弓騎兵であり、北大陸では類をみないほど特異な弓騎兵だけの軍隊というものがどういう運用になるか、という点については学ぶべきことばかりであった。

実際のところ、彼らが北大陸で運用されることはないだろうとティグルは思う。その運用を支えているのは、この肥沃な大地そのものであるのだから。なにせ馬が草を食べつくしても、十日もすればまた緑豊かな草原に戻ってしまうのだという。年中いつでも。

それは北大陸のどんな地方にもありえない、この常夏の大地だからこそ可能な最強の兵站組織であった。

「ずるいな」

思わずそう呟いてしまう。

もっともこの事情は敵側も同じだ。もしティグルが指揮するとしても、この状況に慣れているぶん、弓騎兵の運用に関しては相手の方に有利に働くかもしれない。

ふと、「自分ならどうするか」と懸命に頭を働かせている自分がいることに気づく。まだエリッサの要請を受諾するとも決まっていないのに。

いや……本当にそうなのか？　彼らのことをなにも知らないままであれば、まだしも。ああして向き合ってしまって、話を聞いてしまって、それでも無関係でいられるだろうか。ティグルヴルムド＝ヴォルンはそれほど薄情でいられるだろうか。

リムだってそうだ。彼女はあまり感情を表に出さないが、実際のところ情に厚い人間だとティグルは知っている。エリッサもそれを理解している様子であった。であれば彼女があのとき、あそこまで一気に事情を語った理由についても容易に推測ができる。

リムとてそのあたりの機微は理解していて、そのうえでエリッサの話を最後まで聞いたのだろう。つまりもう、彼女は心を決めているのだ。

そのうえで彼女がティグルと別々に行動しているのは、ティグルに自由意志で最後の判断をして貰いたかったからではないだろうか。

「次はどこへ向かいますか」

ナラウアスに訊ねられ、ティグルは首を横に振った。

「充分みてまわった。戻ろう」


翌日の朝。

ティグルとリムは弓巫女ディドーに面会した。他の者をいっさい排《はい》して、天幕のなかで三人だけになる。

その場でティグルとリムは、彼女と『天鷲《アクイラ》』に協力する旨を告げた。

「ありがとうございます、先生、ティグルヴルムド卿」

「ところで、俺たちがきみを捜しにこの地に来ることが、どの段階でわかったんだ」

「完全に偶然ですよ。全部の港町に網を張っておいたら、アスヴァール経由でジスタートの人が来るから案内の者を欲しているという情報が入ったんです。先生が助けを出してくれたんだって、すぐにわかりました。あとは芋づる式です」

なるほど、ひとつの情報から十も百も読みとって、それをもとにした先読みであったか。

「エリッサ、いや弓巫女ディドー、きみの最終的な目的を聞きたい」

「この部族を守って、カル＝ハダシュトの七つの部族を平常な状態に戻すことです」

「双王の座が欲しくないのか」

「これっぽっちも必要ありません。適当な部族に押しつけましょう」

だいたい、と弓巫女ディドーは商人の顔になる。

「古いんですよ、七つの部族から王を出すなんて仕組み」

　初手から伝統の全否定であった。

「カル＝ハダシュトの外交は商家に押しつけているくせに、最高権力者の座と陸上の武力は部族が握っている。そのくせ、維持費のかかる海軍は商家任せ。その歪みこそがこの国の本質です。そりゃ、これだけの大国が外になんの野心もみせないわけですね。もちろん北大陸としては、その方が好都合なのですけれど」

「そのあたりを改革して、外に色気を出すのか？」

「誤解させてしまいましたね。この国には、古いままでいてもらいましょう。今の言葉は、だから他のところに役割を押しつけるという意味です。時がくれば私は役目を退きます」

　しれっと、とんでもないことを語っている。つまり彼女は、すべてを他人に押しつけて弓巫女の座を放り出すと言っているのだ。自分はあくまで商人であると、己《おのれ》をそう規定しているのである。

　ティグルの横で聞いていたリムもそのあたりに気づいたのだろう。普段、あまり表情が変わらない顔が引きつっている。

「先生を驚かせてしまって申し訳ありません」

「この子ときたら、なんて心のこもってない謝罪でしょうか。ですが、わかっていますか。あなたはそれでよくても、部族の者たちが承服《しょうふく》するとは限りませんよ」

「ええ、ですのでひととおりことが済んだら、先生とティグルヴルムド卿の力を借りて逃げ出したいのです。全部捨てて、身ひとつでライトメリッツに戻ります。先生のおっしゃる通り、いつまでもエリッサ商会を放っておけませんし」

ティグルとリムは揃って絶句した。

「いくらなんでも、それは無責任ではありませんか」

「無責任とならぬよう、部族の若い者に読み書きと計算を習わせているのです。忘れてませんか、先生。私、部族の人たちに攫われてきたんですよ。みなさんいい人たちですし、今、苦境にある彼らを守りたいと心から思っています。ですが、それとこれとは話が別です。私が本当に責任を持つべきなのはジョジーたちに対してです」

胸を張って、彼女はそう言ってのけた。

ティグルは思う。これまで出会ったあらゆる権力者とは別の意味で、彼女は大物だ。

†

「エリッサ、あなたの計画にはいくつか問題があります」

最初の衝撃が去ったあと、リムは少し間を置いてからそう言った。

「まず、あなたはこの部族の矢に選ばれた弓巫女でしょう。あなたが逃げたら矢はどうなるのですか」

「ジスタートの戦姫のように、矢は持ち主を選ぶと言われています。過去にも、矢が自ら弓巫女から離れ、別の弓巫女を選んだ例があるそうです。私が弓巫女の座から降りると決めれば、矢は新たな弓巫女を選ぶのではないでしょうか」

「あなた以外に弓巫女の候補は……」

「まだ十歳にもならない者が数名おります。部族まわりの事態が安定すれば、矢が誰を選んだとしても継承は円滑に進むでしょう」

「ジスタートの戦姫については、エリッサ、あなたに教えていない事情もありますよ。たとえばあなたの知るオルガ様ですが、彼女は一度、戦姫の座を降りたいと願ったそうです。ですが竜具は彼女のもとを離れませんでした」

「それはオルガが本当に望んだことなのでしょうか」

エリッサは去年、行商人として旅していたころ、戦姫オルガと共に旅をしている。それはたった数日であったが、その数日でふたりはたいへんに打ち解けたという。

この少女には人たらしの才能があるな、とティグルは思う。弓巫女としての地位があるとはいえ、こうも短期間で『天鷲《アクイラ》』の者たちを掌握し、今はこうしてティグルやリムが進んで協力しようとしている。

どうにも放っておけない危なっかしさがある、というのもあろう。リムなどエリッサが幼いころからのつきあいで、公主代理となってからもなにかと世話を焼いている。きまりに厳しいリムが公私混同《こうしこんどう》する、数少ない人物のひとりだ。

「オルガ様の本心は、私にはわかりません」

リムは素直にそう認めた。

「ですが、我々は神器というものの本質をなにも理解していない、というのは覚えておいて欲しいのです。わかったような気になって行動するのは危険です」

「肝に銘じます、先生。モノを相手にするようにではなく、人を相手にするように考えろということですね。矢にも感情があって、その真意は必ずしも私が見通せるものではないというのは、理解いたします」

エリッサもまた、リムの指摘には素直に従う。

彼女が先生と呼び慕《した》うリムは、実際のところ一、二年の間、先輩の優等生として神殿で教導していただけに過ぎないらしいが……その関係は、こうして何年も経った今でもいっこうに変わらない様子であった。ティグルとしては微笑ましい限りである。

「次の問題ですが、あなたは双王の座を欲しなかったとしても、この部族の人々はまた違う考えを持っているのではありませんか。部族を救ったあと、あなたがすべてを放り出した場合、その後、彼らの思い上がりによってこの部族が破滅する……そんな未来が待っているとしたら、どうします？」

「それはもはや私のあずかり知らぬことですが、そうはならないよう布石は打つつもりです」

「具体的には？」

「他国を参考に、双王の特定部族への利益供与が難しくなる法を定めるという案がひとつ。もうひとつは商家に権力を持たせる案ですね。これについてはすでに、『天鷲《アクイラ》』が商家と幅広く取り引きしながら調整を行っているところです。まずは商家の側に色気を出してもらわないといけませんので」

このカル＝ハダシュトにおいては騎馬の民とは別に商家と呼ばれる都市部の人々が存在し、この両者には大きな分断がある。この両者が歩み寄ることで、新しいカル＝ハダシュトに生まれ変わらせる、というのがエリッサのもくろみなのだろう。

「エリッサ、あなたもしかして、すべてを手放したあと、エリッサ商会を仲介としてライトメリッツとこの国を商業的に結びつけようと企んでいませんか」

「さすがですね、先生。もちろん、お互いに利のあるかたちで着地させたいと思っていますよ」

ティグルは感嘆する。そこまで先を見据えるこの少女もこの少女だが、その魂胆を瞬時に見抜いたリムもたいしたものだった。

「だって、これだけ部族のために尽くすのですよ。なんの利もなければ私が可哀想じゃありませんか」

「たいした商人ですね、あなたは」

「先生にそう褒められると照れますね」

リムの皮肉に、にやりとしてみせるエリッサ。なんとも息の合った師弟である。

「そういうわけですので、先生、気づいたことがありましたら、なんでもお願いします。今のうちに問題点を洗い出しておきたいです。ティグルヴルムド卿からも、なにかありましたら是非」

「ティグル、と呼び捨ててもらっていい。これからきみの部下になるんだ」

「ではティグルさん、で。あまり親しげに話すと先生に嫉妬《しっと》されます」

「その程度で嫉妬はしませんよ。ただ、あまりティグルをからかわないように」

「善処しましょう。それで、他の問題点についてですが、ティグルさんはいかがですか」

ティグルは少し考えたあと、首を横に振った。

「今のところ、きみの方針については特に意見がないな。細かいところでなにか出てくるかもしれないが、それはそのとき話せばいいだろう」

「私からは、あと一点だけです。エリッサ、私とティグルがこの地に赴いたもうひとつの目的についてはご存じですか」

「誘拐された私の救出以外に目的、ですか？」

エリッサはきょとんとしていた。どうやらそちらについては、アスヴァールも情報を出していなかったようだ。かの国としても迂闊《うかつ》にばらまけない話であるから、いたしかたのないことではある。

「私とティグルは、戦姫様じきじきのご命令によりこの地に赴きました。弓の王を名乗りアスヴァール、ジスタート及びブリューヌで暗躍していた人物が、このカル＝ハダシュトで目撃されたという情報を得たのです」

エリッサが息を呑む。

「我々の目的のひとつはあなたの救助ですが、もうひとつはこの人物についての情報収集なのですよ」

「ネリーが、この国に……全然知りませんでした」

その言葉は偽りではなく、エリッサは本当になにも知らなかった様子である。彼女と弓の王を名乗る人物は、去年、一時期行動を共にしていたという。この地で顔を合わせていれば、すぐにわかるはずなのだが……。

「わかりました、ネリーについての情報収集は、これを全面的に許可しましょう。こちらでも心当たりを調べてみます。彼女は目立つ人ですから、その気になって探れば手がかりが出てくると思いますが……でも、いきなり敵対はやめてくださいよ」

彼女に対してネリーと名乗ったその人物は、アスヴァールでティグルたちと敵対し、ジスタートにおいては去年の戦乱を招いている。ジスタートの王を暗殺した疑惑もある。ブリューヌでは公爵家を潰した。まさに仇敵《きゅうてき》であった。

とはいえ、今回のティグルたちに与えられた任務はあくまで情報を集めることだけだ。

「弓の王を名乗る者については、相手の出方次第だが……いきなり攻撃をしかけるつもりはないよ」

いちおう、そう告げるだけに留めておく。

†

リムは馬の背にエリッサを乗せ、ふたりきりで草原に出た。

エリッサから、少し話したいことがあると言われたのだ。是非もなかった。リムとしても、ふたりきりで話したいことがあった。

いや、別にその場にティグルがいてもいいのだけれど、なんとなく気恥ずかしかったというのが本当のところである。

エリッサといると、なぜか当時の自分、エレンと共に旅に出る前の少女に戻ってしまうからであった。

まだ昼前である。

今日は朝から晴天だ。この地は空が高いと思う。北大陸より太陽に近いから、冬でもこんなに暑いのだろうか。遠くで数頭の象が草原を横断していた。あんな巨大な生き物がたくさん生きていられるのは、この地が神々のおわす場所に近いからなのだろうか。

であれば、この地に生きる民は、北大陸の者たちよりずっと神々の加護を受けているはずだ。なのにこの地で行われている民の営みは、北大陸のそれとあまり変わらないようにみえる。商家も、騎馬の民も、北大陸のそれと同じようなしがらみや苦しみのなかで生まれて死んでいくのだ。

人とは、神々とは、大地とは、いったいなんなのだろうか。

「私、馬が苦手です」

部族の天幕がみえなくなってからしばらくしたころ、エリッサはぽつりと呟いた。

「馬車の手綱を握るならともかく、馬の背に乗って操るのは未だに慣れません。こんな女が弓巫女なんて、間違っていると思います」

「ですが矢はあなたを選んで、あなたから離れていません」

「先生のときは、どうでしたか。先生が双紋剣に選ばれたとき、双紋剣はなにか語っていましたか」

「私は双紋剣に選ばれたのではなく、双紋剣の主である湖の精霊に選ばれたようですから。双紋剣からはあまりそういう意味での意志を感じませんでした。蘇った死者を殺せ、という想いだけは受けとりましたが……そもそも多弁な神器というものを私は知りません。ライトメリッツの戦姫の竜具も含めて、です」

「ティグルさんの黒弓も？」

「ええ」

「困りましたね。実は私、交渉が通じない相手が苦手なんです」

よく知っている。

そしてリムはエリッサにとって交渉可能な相手であり、幼いころから交渉の練習相手のようにみられてきたように思う。そうして利用されるのはけっして嫌な気分ではなかった。この少女の特性なのだろう。不思議と人を惹きつける魅力である。

だからリムとしては、エリッサが弓巫女の座に納まったあと、またたく間に部族を掌握してしまったことも納得できるのだ。行商人から始めて短期間でジスタートのあちこちと繋がりをつくり、ライトメリッツの公都に店を構えるに至ったその手腕は、この『天鷲《アクイラ》』部族においても遺憾なく発揮されているのだろう。

特に、七部族から軽視されているとおぼしき商家と本格的に手を組むという発想は、カル＝ハダシュトの外で生まれ育ったからこそのものである。

彼女は商人というものをよく知っていて、経済というものを理屈で考えることができる。商家としては、この上もなく理想的な取り引き相手であった。

ひょっとしたら、今、彼女がこぼしたように、エリッサという人物は七部族を相手にするよりも商家を相手にする方が楽なのかもしれないとすら思う。

馬が苦手、とこぼすのも、そういうことなのだろう。たしかに彼女は現状における『天鷲《アクイラ》』の最適な指導者かもしれない。だがそれは、彼女の適職が弓巫女であることを意味しないのである。

「ところでエリッサ、あなたは普段、神器の矢を持ち歩いていないようにみえますが」

「持ち歩いていますよ。はい、これです」

背中の彼女から矢を渡された。リムは首をかしげたあと、まあ竜具は戦姫が呼べばすぐ手もとに飛んでくるからと深く考えず矢を受けとる。

白樺の枝の先端に、水晶のように半透明な鏃《やじり》がついた、不思議な矢であった。鏃は、陽光を反射して青く輝いている。矢羽の部分は鳥の尾羽のようだがこちらも青く染められていて、触るとたやすくたわんだ。

「青い矢、ですか。一本だけなのですね」

「一度には、一本です。でも何度でも出してみせますよ」

「どういうことですか」

背中で彼女がくすくす笑いをする。

「この矢は、私のお腹の中から生まれるんです。理由はよくわかりませんが、私が矢を出そうと思うと生まれるのですよ。矢は同時に一本しか存在せず、二本目の矢を出すと、前の矢は消えてしまいます」

「たいへんに不思議なことですが、神器とはもともと不思議なものですから、そういうこともあるのでしょうね」

実際に矢を出してみせたのだから、そういうものだと納得するしかない。

アスヴァールで、リムはさまざまな神器の使い手をみてきた。多くの神器持ちと戦い、討ち破ってきた。おそらくリムとティグルのふたり以上に神器戦の経験が豊富な者は、この地に存在しないだろう。

――そうでもありませんか。

リムの脳裏をよぎるのは、弓の王を名乗るあの存在だ。このカル＝ハダシュトに赴いたもうひとつの目的の人物である。

「私は仮にもライトメリッツの重鎮です。戦姫様の命令でこの地に赴きました。このままあなたの手助けをすれば、カル＝ハダシュトに対する内政干渉という批判を受けるかもしれません。『天鷲《アクイラ》』は外夷《がいい》を招いたと誹《そし》りを受けるでしょう」

「商家を押さえていますので、その心配はありません。加えて言えば、現在敵対している『一角犀《リノケイア》』も含めて、七部族はそんなこと、気にもしませんよ」

「それは、どうしてでしょう」

「彼らは彼らの生き方こそがすべてであると思っているからです。もっと言えば、彼らの弓騎兵は最強であり、他国の干渉など問題にならないと考えているのですよ」

たしかに歴史上、カル＝ハダシュトの弓騎兵と言えば最強の代名詞だ。他国との戦でこれが投入された記録は幾度か存在するが、一度たりとも敗北の文字が記されていない。

鈍重《どんじゅう》な北大陸の騎士は理論上、弓騎兵の騎射になすすべがなく、どのように勇敢な騎士であってもカル＝ハダシュトの弓騎兵が馬で逃げながら無数の矢を浴びせれば、ひとたまりもないのである。

板金鎧で全身を覆った騎士とて、馬をやられればそこまでだ。たとえ立ち上がることができたとしても、騎兵の機動についていけるはずもなく、戦場では無力化されたも同然である。

無論、個人の技量で状況を覆すような人物がいれば話は別だろう。

円卓の騎士たちであれば、はたしてどう対応するであろうか。現代に生きる者であれば、ブリューヌに名高き英傑ロランのような猛者《もさ》もいる。

だが、彼らのような突出した個人の活躍で戦場の勝敗が覆るのは、せいぜいが千人程度の小集団までである。円卓の騎士が活躍できたのも、アスヴァール建国当時のアスヴァール島の人口が今と比べて著《いちじる》しく少なかったが故であった。

五千人、一万人といった大規模な集団がぶつかりあう戦場で、個人の技量でできることなどたかが知れていた。リムも、アスヴァールの戦いでそのことを骨身に染みて理解させられている。

例外もある。たとえば戦場に特殊な兵器が投入され、それが充分に戦局を打開する性能を発揮し、その兵器を打倒できる者が限られている場合だ。

アスヴァール内乱の戦場では、地竜がそれに該当する。

偽アルトリウス軍の投入した地竜を打倒できる者はギネヴィア軍において当初、リムとティグルだけであり、地竜をのさばらせておけば数千の軍勢とて崩壊したであろう。その硬い鱗は剣も槍も矢も通さず、その巨体が戦場を蹂躙《じゅうりん》するだけで陣形は瓦解《がかい》する。

地竜の鱗をまともに貫くことができたのは攻撃型の神器だけで、当時のギネヴィア軍においてそれを保持していたのがリムとティグルのふたりだった。

地竜についてはその後、対策を講じることで神器持ち以外での打倒を図り、結果的にこの策は当たって、ただの騎士であっても限定的ながら地竜の打倒が可能となった。

それは多大な犠牲を払っての戦果であったが、特定個人を必要としない戦術を得たことは国家規模の戦略において極めて大きな意味を持つ。

戦の歴史は、新戦術を普遍化させ陳腐化させることの繰り返しだ。リムはライトメリッツの公宮の文献で、そのことを学んだ。

しかし、どうしても普遍化することができないものがジスタートには存在した。

戦姫と竜具である。

ジスタートが本気で竜具を用いた戦術を研究し戦場に投入することを考えたなら、国家間の均衡は激変するかもしれない。

だがこれまでのところ王家はそういった動きをつくれるほど戦姫を掌握しておらず、おそらく次に立つ王は以前よりいっそうそうした力が弱まっていることだろう。

戦姫と竜具がその真の力を秘匿することの意味を、リムはよく理解していた。エレンの持つ竜具などまだ限定的な破壊をもたらすものにすぎないが、アスヴァールを訪れたオステローデ公国の戦姫ヴァレンティナは、内乱の最終決戦においてその竜具の力を遺憾なく発揮した。

あれは使いようによっては戦略すら変化させる、おそるべき力だ。普段のヴァレンティナが病弱を装い、王家に利用されることを厭うのもうなずける。

ヴァレンティナには別の思惑があるようであったし、その野心は充分に警戒しなければならなかったが……。

神器のなかには、そういったものも存在するということだ。

故《ゆえ》にリムは弓巫女ディドーたる少女に訊ねる。

「エリッサ、あなたの矢には、お腹から出てくる以外にも特別な力があるのでしょう？　あなたの部族が戦った『一角犀《リノケイア》』の弓巫女も、似たような力を持つ矢を出すことができる。弓巫女とはそういうものなのでしょう？」

「はい、先生。ですが残念ながら私の矢は、『一角犀《リノケイア》』の弓巫女の出す矢ほどの力がありません。そのことは先に伝えるべきでした。『天鷲《アクイラ》』の魔弾《デウリア》の神子は、『一角犀《リノケイア》』の魔弾《デウリア》の神子との一騎打ちに破れ、討ち取られたのです」

「その戦いの様子については、後ほどティグルに説明しなさい。大丈夫、彼ならなんとかしますよ」

「信頼しているのですね」

「アスヴァールで、なんども不可能を可能にしてきた様子をこの目でみてきましたから」

ずいぶん無茶をした。紙一重の戦いはなんどもあった。幸運もあった。それでもリムとティグルは、他の仲間たちと共に困難を乗り越えた。

「『一角犀《リノケイア》』の弓巫女の矢は、分厚い盾も貫く『貫き《つらぬ》』の力を持っているようです。対して私の矢は、『風纏《かぜまとい》』です。鏃の周囲に風をまとわせる、ただそれだけのものです」

「風をまとわせる、ですか」

「このように」

エリッサは馬上から無造作に矢を投擲《とうてき》した。鏃が高い音を立てて、宙をふらふらと舞う。矢は不規則に揺れ、旋回しながら風を掴《つか》んで上昇したあと、急に勢いを失って地面に落ちた。

「あんな感じです」

矢が消える。ふとエリッサの方を振り返れば、彼女は新しい矢を掌のなかに収めていた。腹から矢をとり出したことで前の矢が消えたのだ。

「ほら、あまり戦の役には立たないでしょう？」

「とんでもありません。素晴らしい力ですよ、エリッサ。あなたは飲み込みがいい生徒で、頭もよくまわる。商人としてはたいしたものです。ですが戦に関しては素人、思い込みだけで判断してはなりません。自分だけでは判断せず、その道に明るい者に相談しなさい。このことをよく肝に銘じることです」

「それは、先生、気休めの言葉で慰めているわけではないのですよね」

「私が気休めを言ったことがありますか」

「いいえ、先生は本当に思ったことしか言わない人でした。だから年下から、空気が読めないって怖がられてましたね」

「それは初耳です。少し傷つきました」

　エリッサはくすりとする。

「半分は冗談です。親身になって、わからないところは何度でも粘り強く教えてくれる、どんなことでも相談に乗ってくれる面倒見のいい人だって、みんな言ってました」

「気休めはやめてください」

「本気で落ち込んでます？」

「あとでティグルに慰めてもらいます。将来を誓い合った恋人がいなければ危ないところでした。エリッサ、あなたも恋人をつくるべきですよ」

　馬の後ろでエリッサがわざとらしく舌打ちする。

リムは繰り返し、エリッサに言い聞かせる。

「あなたは戦の素人です。戦に関しては私やティグルを頼りなさい。部族の者でも構いません。相談されなければ、こちらもあなたの思考の欠点を理解できないのですから」

「今後はそうします。でも先生、いいんですか」

「何がですか」

「私とティグルさんがふたりきりで親密な話をすることについて」

リムは、たっぷり十を数えるほど沈黙した。

「あなたとティグルを信じていますから」

「見栄っ張り」

†

ティグルは丘の上から、眼下の草原を駆ける騎馬部隊を眺めていた。昨日の青年たちではない、熟練の戦士たちが駆る馬の群れだ。

戦士長ナラウアスが指揮する弓騎兵の部隊が運動している。

数は、五百騎ばかり。上半身裸で剥き出しの筋肉が盛り上がり、肩に鷲の刺青を彫った逞しい戦士たちが、栄養たっぷりで引き締まった体躯《たいく》の駿馬《しゅんめ》にまたがり草原を駆け抜けているのである。

彼らはナラウアスの号令のもと横向きに矢を放つ。矢は放物線を描いて百アルシン（約百メートル）ほど先に立てられた、歩兵を模した木製の的に雨あられと降り注ぐ。若年の部隊と違い、こちらの部隊はなかなかの割合で的に矢を当てていた。

何度も何度も、距離や目標を変更しながら、訓練は繰り返し続けられた。この地の天候は気まぐれで、突然、強い雨が降ったり強風が吹いたりする。それでも弓騎兵の部隊は一糸乱れることなく運動を反復する。

頼もしい部隊だなとティグルは思う。

問題はこの最精鋭部隊が五百騎しかおらず、この虎の子の部隊以外は戦力化されたばかりの若い者が中心であることであった。それはティグルより若い者も多い未熟な部隊で、馬を操る能力や弓を射る力はともかく、戦場での度胸という意味ではいささか信頼することが難しい。

熟練の弓騎兵が五百騎、若い未熟な弓騎兵が千三百騎。

合計で千八百騎。これが、現状における『天鷲《アクイラ》』の全戦力である。実際には他に、老いたり負傷したりで戦えなくなった者が二百人ほどいる。彼らは主に宿営地の守護の役目を負っていた。

ひととおりの訓練が終わったあと、ナラウアスと弓騎兵たちが、丘を登ってティグルのもとへやってきた。熟練の弓騎兵たちがティグルに向ける表情は、畏怖の念がこもったものであった。さきほど彼らにティグルの弓の腕をみせたばかりなのである。

「魔弾の神子《デウリア》様、我々の訓練はいかがでしたか。お気づきのことがあれば、遠慮なくおっしゃってください」

そう、ティグルはさっそく、彼らに『天鷲《アクイラ》』の魔弾の神子《デウリア》として敬われていた。彼の卓越した弓の腕は、実力主義者の騎馬の民の者たちにたやすく畏敬の念を植えつけたのだ。最初に彼の姿をみたとき「白肌の射手になにができる」と悪態をついた者も何人かいたが、彼らはティグルの腕前をみたとたん、掌を返して謝罪してきた。

そして、口々にティグルのことを「魔弾の神子《デウリア》様」と呼ぶのである。ひとたび実力を認められてからは、話が早かった。

とはいえ、彼らの尊厳を貶めることはティグルの本意ではない。彼らの言葉で部隊としての力量を褒め、今の自分ではこれ以上を望むことなどできないと告げた。

「実際に『一角犀《リノケイア》』と戦うことになったら、相手も弓騎兵で同じような戦術を使ってくるんだろう。消耗戦になるんじゃないか」

敵軍の方が数は多いだろう。真正面からぶつかれば不利だ。そうでなくても、彼ら五百人はこの部族に残された最後の希望である。

「それを懸念し、弓巫女様は傭兵を雇うとおっしゃっています。実は、そちらについても魔弾の神子様《デウリア》のご意見をお聞きしたいと」

「そういえば、そんな話を聞いたな。商家を通じて手配したんだったか。騎兵なのか？」

ナラウアスは首を横に振った。

「歩兵です。商家が、都市の抱える護衛隊の一部を傭兵として貸し出すとのことでして、はたして彼らが役に立つのかと……我々は疑問に感じているのです」

ナラウアスも、そして彼の部下たちも、この件については不満をあらわにしている。

なるほど彼らには、最強の騎馬民族としての自負がある。弓巫女ディドーの手配は、彼らの尊厳を傷つけるものと映ったのだろう。

かといってディドーには部族の窮地を救った実績があり、その力のみならず知恵にも敬意が払われている。正面から文句を言うことはできない。故に、彼らがその実力を認めた相手であるティグルの意見を聞きたいということだ。

――エリッサからすれば、これも予定通りか。

自分には直接、不満をぶつけてはくるまいと理解して、昨日のうちにティグルとナラウアスを会わせ、相互理解が進むよう計らったのである。このあたりの人間関係の機微は、さすがやり手の商人といったところだ。

その帳尻を合わせるのがティグルでなければ手放しに賞賛するところであった。あとで苦言を呈《てい》する必要があるだろう。

「傭兵といっても練度次第だが、使いようはあると思う」

ティグルは無難な言葉を並べることにした。実戦を経なければわからないことはある。

「いずれにしても、人手は必要だ。敵を迎え撃つかたちの戦いになるなら、陣地構築に使う手もある。複数の兵科《へいか》を組み合わせるやり方が有効なことも多いだろう」

弓騎兵の最大の強みは、その機動力だ。それが使えないような舞台をつくることで、まず相手の出鼻《でばな》をくじく必要があった。

エリッサがそこまで考えて傭兵を雇ったかどうかは、彼女に直接聞いてみないとわからないが……彼女にそこまでの戦略眼はないように思う。

いずれにしても、ティグルたちは現場にあるものを組み合わせてなんとかする必要があった。予感がある。『一角犀《リノケイア》』の攻勢までそう時間はない。悠長《ゆうちょう》に若手が伸びるのを待つわけにはいかない。

「これ以上、『一角犀《リノケイア》』を相手に後退したくはないだろう?」

「さらに南は砂漠となります。かつては銀鉱や金鉱がありましたが、今は枯渇《こかつ》し、価値がない土地です」

南大陸の詳しい地理は知らなかったが、そういうことならなおさら、これ以上の後退はできないということだ。広い土地を自由に逃げることができる、という騎馬の民のいちばんの強みは、もはや失われた。それだけ切羽詰まった状態ということである。

「なら、なおさら戦い方を変える必要がある。最後の一撃はあなたたちの弓と馬に頼るとしても、そこに至るまででひと工夫必要ということだ。弓巫女様は、そこまでお考えなのだろう」

適当なことを語ってみせると、男たちは感嘆の声を漏らす。さすがは弓巫女様だ、という声がいくつもあがっている。

ここまで信頼を高めてみせたエリッサの手腕はたいしたものだが、さてティグルはそれが砂上の楼閣であると看破《かんぱ》されぬよう、幻想の上に建てられた城を、せいぜい言葉を尽くして守る必要がある。

この最精鋭部隊の信頼を維持することは、『天鷲《アクイラ》』という部族全体の信頼を得ることに繋がるのだから。上層部から信頼されない組織など、ちょっとしたきっかけでたやすく瓦解してしまうことだろう。

「ところで、一部の部族は象を使った部隊を持っていると聞くが、詳しいことを教えてくれないか。それと、『天鷲《アクイラ》』では戦象部隊を持っていない理由も知りたい」

「かしこまりました。『天鷲《アクイラ》』が象を使役しない理由の第一は、象一頭より馬十頭の方が有益だと考える伝統があるからです」

そう前置きして、そのあたりに詳しいという壮年の男が説明してくれた。象を飼うのはティグルが思った以上の困難を伴うようで、あの生き物は馬よりも繊細で、臆病《おくびょう》なのだという。

象の飼育と兵器化は、それ専門の者たちが伝統的に練り上げた手法によってのみ成し遂げられるものであるらしい。

「弓巫女を戴く七部族以外の小部族には、象の飼育を専門にする者たちもおります。彼らを引き入れるなら、戦象部隊をつくることも可能でありましょうが……」

「言葉を濁さなくていい。はっきりと言ってくれ」

「彼らは対価として若い女を要求いたします」

それは奴隷ということなのだろうか。いや、婚姻ということであっても、人をもののように扱う相手との取り引きはできない。ティグルもリムもそういう感覚を持っているし、エリッサならばなおさらだろう。

手を尽くして戦力を集めていたにも拘わらず、これまでエリッサが戦象部隊の育成に手をつけなかったわけである。

「その方向は諦めよう」

ティグルがきっぱり告げると、男たちは安堵したように大きく息を吐く。年齢的に、対価として引き渡すことになるのは彼らの娘たちになるであろうから問題は切実である。

もちろん部族が『一角犀《リノケイア》』に敗れればその娘たちはひどい目に遭うだろう。彼らが命を賭して戦う理由は、弓巫女ディドーならばその未来を覆してくれると信じるからだ。弓の腕をみせたティグルを魔弾の神子《デウリア》と認めおとなしく従うのも同じことである。

「七つに含まれない小部族というのはこのあたりにもいるのか？」

「はい、周辺には三部族ほど。弓巫女様は寛大にもそれらの部族と話し合いの場を持ちました。我々は対価を支払ってこの一帯を借り受けているのです」

戦士長ナラウアスの口調は、いささか苦々しいものだった。自分たちは仮にも七部族のひとつであり、それ以外は本来、歯牙《しが》にもかけない格下にすぎない、そんな意識が窺《うかが》える。

路上の小石を気に留める者などいない。

だがエリッサは弓巫女ディドーとなっても細かい小石に注意を払い、幌馬車の車輪が傷つかないよう図る繊細さを表に出している様子であった。それは、見方によってはいささか弱気すぎ、自分たちの権威を否定されているようにも感じられるのだろう。

エリッサとてそういった問題は理解しているはずだ。ティグルと彼女は過去に一度、茶会を共にしただけの関係だったが、それ以外にもリム経由である程度の情報はある。リムの見立てが間違っていなければ、エリッサという商人は部下の心情に寄り添える人物であった。

とはいえここはジスタートから遠い異国で、文化も風習も商慣習も違う。

アスヴァールはまだ人々の一般的な認識においておおむね同じと信じることができたが、この常夏の地においてはそうした肌感覚すら、根底から異なっている可能性がある。これはティグルも今後、よく肝に銘じねばなるまい。

たとえば、食糧の問題がそうだ。ここでは猛獣や毒蛇に襲われる危険さえ考えなければ、少し森にわけ入り果実を採取するだけで一年中、飢えをしのげる。

ともすれば餓死者を出しかねないジスタートの冬の厳しさと積雪の重さを彼らに語って聞かせても、そもそも雪をみたことすらないこの地の人々には想像することすら難しいだろう。

そのあたりは、この後すぐにでもエリッサと膝をつき合わせて話をする必要がある。

†

はたして小部族に関するティグルの話を聞いて、弓巫女ディドーの衣装に身を包んだエリッサは「難しい問題なのです」と告げた。

弓巫女の天幕に招かれ、今、ほかにそばにいるのはリムだけである。そういう状況でなければ本音を語ることもできないのだろう。エリッサは渋面《じゅうめん》をつくってみせた。

「私も最初は、小部族を味方に引き入れて戦力を水増しすることを考えました。ですがそのために乗り越えるべき困難を数えたとき、後まわしにせざるを得なかったのです」

「具体的に、その困難とはなんですか、エリッサ」

「はい、先生。言葉を濁さず言えば、七部族は小部族を蔑視《べっし》し、差別的な対応をしています。小部族の方も、虐《しいた》げられてきた歴史を忘れていません。そういった感情面、歴史面の問題は一朝一夕《いっちょういっせき》にはどうこうできるものではありません」

「やはりあなたは官吏に向いているのではありませんか」

リムのもっともな言葉に、エリッサはすました顔で「たしかに私は官吏になることもできたでしょうが、商人の方がもっと向いているのです。多才の身でたいへん申し訳ありません」とふてぶてしく返す。

「でも私、弓巫女には全然向いてないんですよねえ」

少女はそうつけ加えて、大きなため息をついた。

「祭り上げられ、ちやほやされて、少しは嬉しかったでしょう」

「全然ですね。商売が上手くいって賞賛されるなら満足できますが、自分の努力となんの関係もないところで褒められても困ります。弓巫女なんて、お腹から矢が出るだけですよ」

「本当に、あなたはひねくれた子ですね」

「上級官吏の道を捨てて傭兵についていった人に言われたくないですね」

互いに、隙あらば和気あいあいと憎まれ口を叩いている。

リムとこうして気楽に会話を交わす相手を、ティグルはこれまで、ライトメリッツの戦姫エレオノーラ以外でみたことがなかった。少し微笑ましく思う。

「話を戻しまして、この周辺の小部族に小銭を握らせたのは、『一角犀《リノケイア》』の密偵対策でもあります。小部族が完全に味方となってくれないにしても、敵を利するような行為をされてはたまりません。たとえば馬が水を飲む池に毒を入れるような嫌がらせをしてくる可能性もありました。そういった心配なくこの地を使わせて貰えるだけでも、少しは安心できます」

「『一角犀《リノケイア》』も金を払って小部族を味方につけるんじゃないか」

「ティグルさんは、七部族を甘くみてますよ。『天鷲《アクイラ》』ですらあれほどの蔑視を小部族に対して示しているのです。より荒々しい気質の目立つ『一角犀《リノケイア》』では、そんな発想すら思いつかなかったようですね」

エリッサの口調からすると、どうやらそちら方面においても情報収集は怠っていなかったようだ。

「ずっと監視を入れていたのですが、この地に来た彼らはさっそく小部族のひとつを攻め滅ぼし、これは見せしめである、と宣言したのです。以来、まあ……我々に対する小部族の態度はだいぶよくなりました。話を聞く気もない『一角犀《リノケイア》』よりは、まだ我々の方がマシということです」

なるほど、たしかにそれは彼らの傲慢《ごうまん》を甘くみていた、といわれても仕方がないなとティグルは苦笑いする。『一角犀《リノケイア》』の気風というものをまだ理解していなかった。港町で堂々と仕掛けてくるような連中ではあったが……。

「『一角犀《リノケイア》』が滅ぼした部族の戦士はどうなったんだ」

「他の小部族に合流したようですね。『一角犀《リノケイア》』の魔弾の神子《デウリア》であるギスコは、犀の刺青がない者を登用することなどありえない、と宣言したようです。小部族の戦士も、身体の目立つところに部族を象徴する刺青を入れていますから……」

なるほど、そういう理屈か。

「『天鷲《アクイラ》』にはそんな余裕もないだろう。今なら小部族を味方につけられるんじゃないか」

「いつ後ろから刺されるかわからないですけどね。私の首をとって恭順《きょうじゅん》を示す方が利益があると考えるかもしれません。あいつらは、ためらいなくやりますよ」

「北大陸の騎士や貴族のような最低限の倫理も期待できないか」

「相手が自分のことを人だと思っていないなら、どうしてそんな相手を人として扱う必要があるでしょうか。彼らは生き延びるために最善を尽くすのです」

気持ちが滅入《めい》る話だ。

「私たちにできるのは、せいぜいなるべく早く態勢を立て直し、やってきた『一角犀《リノケイア》』を殲滅《せんめつ》してこの地を去ることだけです。建設的に考えましょう」

「そうだな。すぐにどうこうできない問題は後まわしにするべきか。あとは現状で『一角犀《リノケイア》』の侵攻を阻止できるかどうかだが」

「目途は立ちました」

エリッサは弓巫女ディドーの顔に戻って告げる。

「先生とティグルさんの協力を得られた今、無駄に時間をかける必要はありません。明日、主力を移動させます」

†

たくさんの山羊《やぎ》や駱駝《らくだ》を潰して、宴会が催されることとなった。

大きな鍋で芋や山菜と共に煮込まれているのは、潰された家畜以外に狩人が獲ってきたばかりの鳥や野生動物の雑多な肉だ。香辛料を多めに入れてこまめにかき混ぜ、これを汁になじませていく。

「なんという料理なんだ」

ティグルは料理する女たちに訊ねてみたが、返事は「鍋」を意味する現地語であった。

更に干した無花果《いちじく》を潰してジャムをつくっている女に「手伝おうか」と訊ねてみた。力仕事でたいへんそうだなと思ったのだ。しかし彼女たちは、恥ずかしそうに目を伏せてしまう。

「ティグルさん、女性を口説《くど》くのは、せめて先生のみていないところでお願いしますね」

その場にやってきたエリッサが弓巫女ディドーとして苦言を呈する。

「俺のなにが悪かったのか教えてくれないか」

「女性に対して料理を手伝おうと提案するのは、俺の嫁に来てくれと言っているようなものです。幸いにして、彼女たちは部族の外の人が風習をよく知らないことを認識していますから、白い肌の蛮族の言葉を本気にはしないでしょう」

ティグルは酸《す》っぱいものを食べたように口をすぼめた。

「第二に」

「まだあるのか」

「この地で料理の内容は、その日の食材をみて料理長の女性が決めるものです。料理の名前を訊ねるのはその女性に対して不満と意見があるものとみなされます。これも所詮は白い肌の蛮族がやることと思われるでしょう」

「謝ってこよう」

「やめてください、ティグルさん」

エリッサは慌ててティグルを止めた。

「あなたは魔弾の神子《デウリア》となりました。弓巫女である私以外に軽々しく頭を下げてはいけません。次から気をつければいいのです。彼女たちには、あとで私が上手く言っておきますから」

「すまない、よろしく頼むよ」

やれやれ、迂闊に声もかけられないなと後ろ頭を掻く。部族の人々と上手くやっていけるだろうか。

「大丈夫ですよ。ティグルさんはすでに、皆の尊敬と敬愛を集めています」

「尊敬は弓の腕についてだろうけど、敬愛？」

「小部族に女を差し出してでも戦象部隊をつくれ、という一派を強烈に掣肘《せいちゅう》したと聞きました」

「その方向は諦めようと言っただけだぞ」

「部族においてもっとも弓の腕に優れた者が魔弾の神子《デウリア》としてそう言ったのですよ。実質的に、それは『俺の弓で女たちを守ってみせる』と豪語したも同然です」

ティグルは少し考えたすえ、うなずいた。

「もちろん、できる限りのことはするさ。手の届く限り、みんなを守るつもりだ。エリッサ、きみのことも含めて」

「そういうところですよ」

なぜか睨《にら》まれた。


それにしても、と考える。

「そこまでしても象が欲しいと考える奴らがいるのか」

「そりゃあ、いますとも。誇りよりも勝つことの方が大切です。私だって、対価がお金だけなら喜んで飛びつきますからね」

「でも昼に聞いたときは、小部族に頭は下げられないという感じだった」

「建前は、そうです。でも本音としては……ティグルさんの弓の腕は認めていても、部族の誇りまでは分かち合えないと考える者も多いでしょう。白い肌の蛮族ですし」

その表現、気に入ったのだろうか。エリッサはにやにやしているが、嫌味な感じではない。

「私たちはずいぶんと追い詰められていましたから、弱気な意見のひとつやふたつ、出てきます。それを表だって叫ぶような人が少ないだけです」

「繊細な調整が必要なんだな」

「どこでも、そうでしょう。官吏が書類片手に部署を巡るか、家族や氏族の繋がりで口から口へ情報を伝達するか、どちらが即効性があるかといわれれば、圧倒的に後者の方が危機に際して有効に作用します」

「ジスタートのやりかたは上手くいかないと？」

「なので有事においては王様や戦姫様が強引にでもお決めになるでしょう？　上意下達《じょういかたつ》が円滑に動けば最上です。理論上、そのためには最上位の意思決定者が無限に有能である必要があるわけですが。それを補うために、北大陸でも南大陸でも、人は行政組織というものを発達させてきたのです」

さすがはリムの教え子だ、ものごとを体系立てて読み解くことに慣れている。

「『天鷲《アクイラ》』は大部族ですが、内実は小さな氏族の集まりで、それを弓巫女と魔弾《デウリア》の神子の権威でひとつにまとめているにすぎません。弓巫女には巫女の血筋というものがあり、実力主義で決まる魔弾《デウリア》の神子が各氏族と調整しながら部族全体の意見を決定するわけです。装飾を取り払ってぶっちゃければ、魔弾《デウリア》の神子の人事に介入することは氏族の権利だったのですね。平時にはこれでよかった。ですが結果として先代の魔弾《デウリア》の神子は戦死しました。この部族はひどく追い詰められ、私がすべてを決定する土壌が生まれました」

「エリッサはここまでの流れを狙ってやったのか？」

「もちろんその返事は、いいえ、です。私はまわりの人が死ぬことを黙ってみていられるほど、我慢強くありません」

だろうな、とティグルは思う。彼女は優秀な商人だが、政治には向いていない。

「状況の変化は目まぐるしくて、策を弄《ろう》する余裕などまったくありませんでしたよ。その場、その場でがむしゃらに対応しているうちに、こうして今があるといった感じです。運がよかったのでしょうね」

とはいえ、その幸運を掴むことができたのは、彼女が懸命にあがいたからだ。

「ここまでティグルさんにお話ししたのは、ティグルさんなら身の丈に合わない旧習を破壊してくれると期待できるからです。この部族は、変化しなければ遠からず消え去る運命にありました。私はその運命を覆したかった」

「無理矢理、連れて来られたのに？」

「ですが彼らは、非常に親切でした。カル＝ハダシュトの水に慣れず熱病に喘《あえ》いでいた私に対して、部族の女の人たちは親身になって薬を差し入れてくれました。父や母の昔話が聞けました。両親が人知れずこの地を去ることができたのも、たくさんの人の協力があってのことでした。私の両親には、存外にたくさんの味方がいたんです。氏族間の権力闘争は複雑怪奇で、当時と今では全然状況が違う、という話でした」

　それに、と彼女は天を仰《あお》ぐ。西の空に日が傾《かたむ》いていた。間もなく空が赤く焼ける。

「友人ができました。慕ってくれる子どもたちがたくさんいるんです。敬愛してくれる人がいるんです。私を頼ってくれる人たちがいるんです。私が病気で苦しんでいたとき、命がけで森に入って、妖精たちから貴重な薬草を分けてもらった狩人がいました。その人は私を守って討ち死にしたけど、彼の家族はまだ残っています。今の私は、彼にかわってその家族を守りたいと願うのです」

　そうか、とティグルはうなずく。彼女に強い動機があるならこれ以上、問答はいらない。

　それはそれとして。今、聞き捨てならない単語を聞いた気がする。

「妖精が、いるのか？」

「この地にも、妖精の物語はたくさんありますよ」

　そういえば、リムは彼女にアスヴァールでの冒険をどこまで話したのだろうか。普通に考えて、他人には信じて貰えないような荒唐無稽《こうとうむけい》な出来事がいくつもあった。そういったもののひとつに、かの地の妖精と友誼《ゆうぎ》を結んだというものがある。

「猫の王ケット、でしたか。先生がおっしゃるには、ティグルさんだけが会話できる猫がいたとか。妖精とは、そういうものなのですよね」

「必ずしも俺だけじゃないみたいだったけどな」

昨日、森を抜けてすぐの丘の手前で、黒猫に出会った。ひょっとしたら、と考え首を横に振った。そんな偶然がなんどもあるとも思えない。

いや、本当に偶然だろうか？　ケットの別れの言葉を思い出す。彼はなんと言っていただろう。そうだ、茶毛の同胞。では、あの黒猫は関係ない？　そもそも彼が、一年前、ティグルたちがこの地に来ることを予見できていたはずもない。

「森には妖精が住む。カル＝ハダシュトの人々はそう信じているようです。少なくとも、我が部族とこの周辺の小部族は、夜の森は妖精が支配する地であると理解しています。小部族との交渉の際、彼らは、森については自分たちは関知しない、あれは妖精の領域であるという趣旨の発言をしていました」

「森は妖精の領域、か」

たしかに、あの生命に溢れた動植物の繁茂《はんも》する世界は、人の領域とは隔絶されたものに思われる。この南大陸でも、東方では森を切り開いて開発が進んだと言われている。

この南大陸の西方で、港の近くにもかかわらずあれだけの森が残っている理由は、そこが人知を超えたものの支配する地であるからなのだろうか。

アスヴァールの人ならざる者たちは、さまざまなかたちでティグルとリムに協力してくれた。この地においても、彼らに協力を仰げないだろうか。いや、協力までいかなくとも、ひとつ挨拶くらいはしておいた方がいい気がする。

「ティグルさん、いちおう言っておきますけど、ひとりで森に行くのはやめてくださいよ。もうすぐ日が暮れます。この地の夜の森は、いくらティグルさんでも危険すぎます」

「どうして俺の考えていることがわかった」

「むしろ、どうしてわからないと思ったのですか」

エリッサは深いため息をつく。

「森に行くこと自体を止めても無駄だと思います。でもせめて、明日には案内役を用意しますから、ひとりで行動するのは謹んでください。魔弾《デウリア》の神子の行動は皆が注目しているのですから」

ティグルは周囲を見渡した。通りすがる者たちがちらり、ちらりとこちらを盗みみている。視線が合うと礼儀正しく頭を下げる者もいた。最初は弓巫女ディドーに対する敬意かと思ったが、ティグルに向けられる視線も多い。

まあ、この部族の指導者的立場となったふたりが話をしているのだ。注目するのも当然なのかもしれない。本来なら天幕の中に入るべきだったのだろう。

「それと、きちんと先生に相談を。私では判断がつかないことも、先生であればきっちり判断してくれるでしょう。重ねていいますが、独断で勝手な行動は慎んでくださいね」

「わかっているって。無茶をする気はない」

「先生から、いろいろ聞いているんですから」

リムはこの少女に、ティグルのなにを吹き込んだのだろう。不安になってくる。

エリッサの忠告に従い、リムを捜す。

彼女はすぐにみつかった。料理をつくる女性たちと立ち話をしていたのだ。ティグルが近づくと、女性たちはリムに木製の器を渡して彼女の背を押した。器にはどろどろのスープが盛られている。

「この地では、女は好いた男に料理をつくって手渡すことで部族の皆に関係を認められる儀式があるそうです。私は、さもなくば多くの男から求愛されるという話ですので、ティグル、どうか私がつくったこのスープを飲んでいただけませんか」

焚火のそばで、リムの顔に赤みが差しているようにみえる。

本当に赤面しているのかもしれない。彼女の後ろでは、女たちが落ち着かない様子でティグルをじっとみつめている。中には睨んでいる、といっていいほど顔をこわばらせている者もいた。

戦場で敵と相対する以上の強い圧迫感を覚える。

リムに恥をかかせるわけにはいかない。

「喜んで頂くよ」

ティグルは器を受けとって、皆が固唾《かたず》を呑んで見守るなか、木のスプーンで大きめの肉塊を口に入れた。なんの肉かはわからないが、よく煮込まれた肉が口のなかで溶けるようにほぐれる。香辛料が強く、少しむせた。リムが心配そうに覗き込んでくる。

「口に合いませんか」

「いや、おいしいよ。とてもおいしい」

ティグルはふた口目、三口目と手を動かし、またたく間に器の中身を空にした。次第を見守っていた女たちが、わっと沸き立つような歓声をあげる。恋人関係が成立したことを皆が祝福していた。

リムが胸を撫でおろしている。少し不安にさせてしまったようだ。

「ライトメリッツに戻ってから、料理をする暇もなかったですからね。ティグルの好む味つけを忘れていないかと」

「ちょうどよかったよ。ところで、男の方はこのあと、女に対してなにをすればいい」

「自ら狩りをして、女に獲物を贈るのですが……別に今日である必要はありません」

「なら、少し馬で歩かないか」

ティグルの提案は即座に受け入れられた。女たちは、片づけをしなければというリムの背を押してティグルに彼女を預けると、近くの馬まで二頭、引いてきてくれる。

「もうすぐ日が暮れる。森に近づいちゃ駄目だよ」

親切にも、そう忠告してくれた。

「ことに男女で森に入ると、妖精に祟られるからね」

「そんないい伝えがあるのか？」

「事実さ。少し前、部族の若い男女がふた組もそれで消えちまった」

ティグルとリムは顔を見合わせ、うなずきあった。

†

空は夕焼け。風が強い。ちぎれ雲がいくつも天を横切っている。

ティグルとリムは馬を並べて、小高い丘の上にあがった。幹の太い木が立っている。この地の人々がトゥエガと呼ぶ樹木で、紡錘形の太い果実は食用としても調味料としても使用される。

ふたりは馬を降りた。

北に向けば、夕日を浴びて赤黒く染まった密林が広がっている。あの森の向こうに、ティグルたちが船を下りた港町があった。アスヴァールやジスタートのある北大陸は、もはやはるか彼方だ。

ずいぶん遠くまで来てしまった。

「精霊や妖精が、なにもアスヴァール島だけに棲息《せいそく》しているというわけではないと考えるのは、至極当然のことです」

リムが言い、ティグルがうなずく。

「エリッサに妖精の話を聞いたばかりなんだ」

ティグルはさきほどの一件を簡潔に語った。

「夜の森は妖精が支配する地、ですか。私たちが夜の森で一泊したとき、ティグル、あなたはどう感じましたか」

この場合、ティグルの狩人としての勘というよりは、ケットと共に妖精の踊りを見たときのような不可思議ななにかを知覚しなかったか、という意味だろう。

「くすくす笑う女の声を聞いた気がする」

ひょっとして、あれが妖精の声だったのだろうか。

「考えてみれば、あのとき同行してくれた人たちは、俺たちが寝る木の下にまじないの紋様のようなものを彫り込んでいたな」

「気づきませんでした。部族の風習でしょうか」

「そうかもしれない。あとでエリッサに聞いてみた方がいいだろう」

森の中で生きるための知識は、少しでも吸収しておくべきだろう。この先、なにがあるかわからないのだ。ティグルもリムも、南大陸の文化や風習について知らないことが多すぎる。

「まじないひとつで森の安全が買えるなら、森に関するおそろしさを説いた物語がたくさんあるなんてことにはならないと思うんだが」

「私はそもそも森で生きる技術など学んできませんでしたので、そういった感覚がよくわかりませんが……」

リムは少し戸惑いながら、北の密林をみつめる。

北から強い風が吹いた。夕日を浴びて、背の高い木々が揺れる。それはまるで、赤黒い化け物たちが不気味に踊っているようにもみえた。あれをみて、部族の人々は森の妖精の怪異と恐れたのだろうか。

「部族の女たちの会話には、たしかに妖精という単語が出てきます。言うことをきかない子どもに、わがままな子は妖精が攫ってしまうぞと脅す母をみました。陶器を割ってしまったあと、妖精の加護を求める言葉を呟く少女をみました。でもそれは、ただの迷信や慣用句のようなものだと思っていたのです」

「この地の言葉を習ったとき、慣用句のいくつかに妖精という言葉が使われていたのは把握したな」

「ええ、言葉には人々の考え方や概念の理解があらわれてきます。アスヴァールには雨を表す単語がたくさんありました。カル＝ハダシュトの言葉には暑さを表す単語が百以上あると聞いて、さぞ暑い土地なのだろうと考えたものです」

実際に訪れたこの大地は、冬でも北の夏のような暑さであった。

さて、そうなると数多の慣用句に妖精という単語が含まれているこの土地は……。

「明日、夜の森に入ってみようと思っている」

「私も共に行きます」

「駄目だ。エリッサがこの地の森に詳しい者の案内をつけると言ってくれた。その案内人とふたりだけで行く方が安全なんだ」

リムは身軽で剣の腕もたち、目端が利く。たいていの場所では、相棒として文句のない相手だ。しかしこの地の密林はいささか勝手が違う。

「私では不足ですか」

「ああ、きみを守れる自信がない」

嘘や強がりを言うわけにはいかなかった。彼女もそれを理解しているのだろう。じっとティグルをみつめたあと、ため息をついた。

「わかりました。ティグルがそこまで言うのなら、そうなのでしょう。ならば、誓ってください」

「必ず戻ってくると誓う」

「では、それを形で示していただけますか」

リムが目をつぶる。ティグルは彼女の肩を抱いた。リムが弛緩し、ティグルに身を預ける。

ティグルは彼女の唇を塞《ふさ》いだ。

唇を放すと、リムが喘ぐような吐息を漏らした。頭がくらくらする。ティグルは後ろからリムを抱いたまま、トゥエガの木に寄りかかった。ずるずると、木の陰に腰を下ろす。その拍子にリムの衣がめくれあがり、豊満な乳房がこぼれ落ちた。

リムはしきりにティグルの名を呼ぶ。導かれるように、ティグルの手が彼女の秘所に伸びた。

そのときだった。

「ティグルヴルムド卿、リムアリーシャ様、宴の準備ができました！　どこにいらっしゃいますか！」

丘の下から、彼らを呼ぶ声がした。ふたりは慌てて立ち上がり、乱れた衣を直す。ほどなくしてやってきた、まだ十かそこらの少年と少女が、顔を赤らめるふたりを不思議そうに眺めた。

※

翌日、ティグルは朝いちばんで弓巫女ディドーの天幕に呼び出された。

「ティグルさんがご要望の方です」

森に詳しい狩人として紹介されたのは、小柄な禿頭《とくとう》の老人だった。浅黒い肌は傷だらけで、なかでも左肩から胸もとにかけては大型獣の歯形とおぼしき無残な傷跡が残っている。背筋はピンと伸びていて、皺だらけの瞼の奥で鋭い眼光がティグルを射すくめた。

「マゴーは、マゴーだ」

老人はしわがれた声で名を名乗る。

「魔弾の神子《デウリア》よ、本当に夜の森へ行くのか」

「そのつもりだ。妖精とは少し縁がある。アスヴァールでも妖精の友に命を救われた」

「マゴーは知っている。すべての妖精が、そのような善良なものではないぞ」

「かもしれない。でも、まったく妖精を無視するのも危険かもしれないと考えた。俺はこの地で戦いを始める前に、この地のことをよく知るべきだ。マゴー、手伝って欲しい」

老人はじっとティグルをみつめた。ティグルは老人の鋭い視線を真っ向から受け止めてみせる。しばし天幕のなかを沈黙が支配する。

弓巫女ディドーが、ひとつ咳をした。

マゴーが大袈裟なため息をつき、視線をそらす。

「いいだろう。マゴーは今夜、森に入る。準備をしておけ」

老人はそれだけ言って、背を向けた。ディドーに恭しく頭を下げて、天幕から出ていく。どう捉《とら》えればいい人物か、いまひとつ距離感を把握できないが……少なくとも弓巫女に対して強い忠誠心を抱いている点は信じてよさそうだった。

「よかったですね、ティグルさん」

少女は弓巫女ディドーからエリッサに戻って、快活に笑う。

「彼は何者なんだ」

「マゴー老は幼いころ、カル＝ハダシュトの森で妖精に会ったといわれています。変わり者で知られていて、部族を離れて旅をすること三度、そのたびに大怪我をして帰ってきたとか。部族の人たちは、妖精眼のマゴーと呼びます」

「妖精眼……？」

「不思議なものをみることができるから、間一髪のところで毎回、死地から生還するとか。本当か嘘かは知りません。ですがマゴー老は、過酷な撤退戦で偵察の任について、なんども敵の伏兵を見破ってくれました。年齢が年齢だけにあまり無理はさせられませんが、部族でも特に頼りになる狩人です」

　部族にとって切り札になるような人物を紹介してくれたようだ。

「マゴー老は息子と孫を過去の戦で失っています。私のことを孫のように思ってくれているようです。武骨な方ですが、心から信頼できます」

「ありがたい。感謝する」

「当然のことです。ティグルさんには絶対に帰って来てもらわないといけませんからね。私の忠告なんて必要ないと思いますが、くれぐれも安全第一でお願いしますよ。危険だと思ったら、尻尾を巻いて逃げてきてください。夜の森から逃げたって、この国では誰ひとり文句は言いません。夜の森は本当に危険だと、誰もが知っているのですから」

「わかっているさ。逃げることを笑う狩人なんていない。生きていれば次がある」

「商売と同じです。死ななければ次があります」

弓巫女の衣装に身を包んでいても、彼女はとことんまで商人だった。その合理性がとても頼もしい。

「この地の民もそうなのですよ。『天鷲《アクイラ》』は負け続けて大陸まで逃げてきましたが、こうして反転攻勢の準備はおおむね整いました。負けてもいい、逃げてもいい。この国では、その言葉を常に頭に入れておいてください」

†

満月だった。

北の森に分け入るのは、月が昇り始めてからとのことである。密林のなかは月明かりもほとんど届かず、足もともおぼつかない。

木々の枝葉でつくられた天蓋にすっぽりと覆われ、自分の目の前に伸ばした腕すらろくにみえない暗闇だ。それでも獣道を進むマゴーの足どりは、俊敏かつ滑るようだった。ティグルはついていくだけで精一杯である。

これまで彼のような狩人はみたことがない。

蔓草をかきわけ進む彼の、その一挙手一投足《いっきょしゅいっとうそく》が洗練された技術のかたまりだった。小走りに移動しているにもかかわらず物音ひとつ立てないその技量に、ティグルは舌を巻く。

そのマゴーが足をとめた。ティグルは彼のそばに寄る。マゴーは少し離れた木の上を指さした。

「毒蛇だ。マゴーは少し離れて進む」

「殺さないのか」

「無用に殺せば妖精を刺激する」

彼がそう言うなら、そうなのだろう。実際、ティグルは森に入ってからここまで、ふたりを観察する視線のようなものをずっと感じていた。ただの人や獣ではあるまい。

ただ、その視線に敵意や悪意は混ざっていないようにも思う。

「今夜の彼らは穏やかだ、マゴーは奥まで行けるだろう」

「わかるのか」

「お前のおかげかもしれぬ。どこぞで印でもつけられたか？」

印、と言われてティグルが思い浮かべたのは、白猫の顔だった。猫の王と過ごした日々のどこかで、ティグルに目印をつけられたとしても、きっと気づかないだろう。

しかしアスヴァールの内乱からすでに一年が経つ。ティグルの身体に妖精の残《のこ》り香《が》のようなものがあったとしても、とうに消えているのではないだろうか。黙って首を横に振った。マゴーは興味を失ったように前を向く。

「こっちだ」

老人は背の高い草をかきわけて獣道をそれた。ティグルは黙って彼に続く。油断すると、すぐその背中がみえなくなる。懸命に追いかけた。

なんどかマゴーは立ち止まり、暗闇に目をこらしたあと、進路を変更した。その理由は獣が待ち構えているからということもあれば、ただ嫌な予感がするというだけのこともあった。

「マゴーは呼ばれている」

そう言って真横に曲がることもあった。ティグルは、彼の方向感覚をもってしても、もはやどちらに進んでいるのかわからなかった。ひたすらに、マゴーを信じてついていく。

気づくと、満月が頭上に昇っていた。ちょうど背の高い木々の天蓋が薄いあたりに差しかかって、青白い月明かりが森の地面を照らし出す。

さらにしばらく進んだあと。

マゴーが立ち止まり、感嘆の声を漏らした。

みれば、行く手に無数の緑の燐光が瞬き、揺れていた。

緑色の輝きは、そのひとつひとつが小さな虫のようで、しかしそれが近くに来ると、子どもの笑い声が聞こえてきた。よく目をこらせば、指先くらいの大きさの裸の子どもが緑の光のなかにいて、蟲《むし》の羽のような翼をはためかせているのだった。

　ティグルは立ち止まって動かなくなってしまったマゴーを追い越し、奥に進む。なんとなく、そうしなければならないという使命感があった。揺れる緑の燐光と青白い月明かりに照らされて、足もとがはっきりとみえる。

　少し離れた地面、太い倒木の上に、一匹の黒猫がちょこんと座っていた。そのまわりを漂っていた緑の燐光たちが、ティグルの接近に気づいてぱっと離れる。くすくす笑いがティグルの耳もとで聞こえた。倒木に近づくほど、笑い声が遠ざかる。

　黒猫は黙って、ゆっくりと接近するティグルをみあげていた。ただの猫ではないことは、もはや明らかである。ティグルは数歩の距離で立ち止まった。

「ティグルヴルムド＝ヴォルンだ。この地の妖精に、挨拶に来た。これは土産だ」

　エリッサに頼んで手に入れてもらった、新鮮な鮪《まぐろ》を一匹、地面に置く。

　猫は鮪をみて鼻をふくらませたあと、かわいらしく鳴いた。同時に頭のなかで、かん高い女性の声が響く。

「猫の下僕よ、海の貢ぎ物、ご苦労。ですが汝《なんじ》らの流儀は不要です。ここでは猫の流儀でよろしい」

　そんな流儀は知らない。

「偉大なる女王は、大いなる虚《うつろ》の社《やしろ》で汝を待っています。いたずらに時を重ねぬよう、よく心得なさい」

「大いなる虚の社とは、俺たちの言葉でどう表すんだ」

「下僕の言葉は下僕で調べなさい、怠惰は忌むべきものと理解するべきです」

黒猫は、ぷいとそっぽを向いた。機嫌を損ねてしまったようだ。

「下僕たちの愚かな祭事に、我らは関わりを持ちません。ですが、筋道を通すという下僕の心情は喜ばしい。川魚より海の魚と古くより言い伝えられている通りです。女王は下僕の訪れを歓迎するでしょう」

言っていることの意味はさっぱりわからないが、ここではないどこかで女王と呼ばれる存在に会えということのようだ。

「なにか、助言はあるだろうか」

「我に一匹ならば、女王には三匹です。大きいほどよろしい」

猫の世界は即物的なようだ。

「わかった、そうしよう」

黒猫は満足そうに大きく鳴いた。音は何重にも響き、周囲に反響した。木々が揺れ、枝葉がこすれて音を立てる。広場を舞う緑の燐光が笑い声をたてて森のあちこちに散っていく。

黒猫は鮪を口でくわえて引きずり、木立のなかに消えた。

ふいに、視界が陰る。月が雲に隠れたのだ。雨粒が落ちてきた。すぐ豪雨となる。緑の輝きが、悲鳴をあげながら雨から逃げ惑う。

会見は終わった。マゴーが近づいてくる。

「マゴーは戻るぞ。足もとが崩れるまえに距離をとる」

「崩れる？」

「このあたりは脆い」

足もとをみれば、豪雨によってさっそく小川ができていた。川幅はみるみる大きくなっていく。倒木が揺れた。その下の地面が崩れ、泥になって流れ出しているのだ。

ティグルはマゴーの導きに従い、その場を離れた。激しい落雷と共に、彼方で火の手があがる。

「森の災いは森が始末する」

ティグルが火災を気にしてときどき振り返っていると、態度から心配ごとを察したと思われるマゴーがそう言った。

「ここは力の強い妖精の住み処だ。北大陸とは違う」

「大火事になることはないのか」

「落雷と火災など日常茶飯事だ」

みたところ、この南大陸の森はふんだんに水分を蓄えているようだった。落雷で火がついても、それが燃え広がるということはないのだろう。適度な落雷は森の木々を更新する、という程度の知識はティグルにもあった。

ほどなくして、雨が止む。

それからしばらく、濡れて歩きにくい獣道を歩き続けたすえ、ティグルとマゴーは森の外に出た。

いつの間にか、朝日が昇る時間だった。ティグルの感覚では、まだ月が大地の向こう側に落ちる前くらいのはずだったのだが……マゴーによると、ティグルが黒猫の前にいた時間は彼が思ったよりずっと長かったようである。

朝日が昇ると共に、冷たい風が森を吹き抜ける。

重ぐるしい空気が一気に軽くなったような気がして、ティグルは大きく息を吐いた。

†

弓巫女の天幕に入ってきたティグルをみて、待ち構えていたエリッサとリムがほっと胸を撫でおろす。徹夜で待ってくれていたようだ。その様子に、ティグルは自分が思った以上に心配をかけてしまったことに、今更ながら気づいてしまった。

マゴーは大宿営地につくや否や「マゴーは寝る」とひとこと告げて、近くの天幕に入ってしまった。細かいことはすべてティグルに任せるということらしい。

ひとまず、ふたりにことの次第を報告する。信じられないような出来事であったが、アスヴァールでの経験があるリムはもとより、そういった神秘的な出来事を経験していないはずのエリッサも「さもありなん」という表情であった。

「ティグルさんですしね」

それが、報告を受けてのエリッサの最初のひとことである。

「ところで、妖精の猫と会話することは竜殺しよりすごいことでしょうか」

そう言われてしまうと、首をひねるところだ。

「この地には、猫の妖精の伝承があるのか」

「ありますよ。黒猫といえば、豊饒《ほうじょう》の精霊バスタットの伝承ですね。小部族の一部が信仰していますが、バスタットに捧げる歌や踊りだけは他の部族にも伝わっていて、祭りの演目として人気があります」

でも、とエリッサは続ける。

「猫は、どこでも人と共にあります。商人としてあちこちの話を聞いてきましたが、どんな土地でも、その土地に根づいた猫の伝承があるものです。ともあれ、土地の妖精がそう言ったのなら、ひとまず安心して戦にとり組めますね」

「黒猫が語った、大いなる虚の社、というものについて心当たりはあるだろうか」

エリッサは首を横に振る。

「長老たちに聞いてみるとしましょう。撤退戦で何人も脱落してしまいましたが、まだ生き残っている方がいます。マゴー老には？」

「豪雨やらなんやらで、話をしている余裕がなかった」

「では私の方から訊ねてみます。彼も森に関してはかなりの知識の持ち主ですから」

続いてリムが口を開く。

「軍を動かすことに関してですが、ティグル、あなたの見立てを教えてください。森のなかが一時の雨でそれほどぬかるむとなると、迂闊に馬を入れるのも難しいでしょうか」

「少なくともまとまった数の軍を動かすのは無理だ。森を抜けて奇襲してくる懸念はないと思う。ましてや『一角犀《リノケイア》』は、『天鷲《アクイラ》』よりもさらに土地に不案内だろう。小部族を脅して案内人をつける可能性はあるが、そんないつ裏切るかわからない案内人を頼りに一軍をあの森に入れるのは……ちょっと怖いだろうな」

あの一夜を体験したティグルとしては、少なくともそうとうに優秀な狩人が、極めて少数で、ようやくといった感じである。足手まといの同行など考えられなかった。とうてい軍勢の移動に使えるような土地ではない。

草原での機動的な戦いこそが真骨頂の弓騎兵であれば、なおさらだろう。もし森のなかで遭遇戦が行われれば、弓騎兵の強みが完全に失われてしまう。

やはり敵は、見渡す限りの草原を踏破してやってくるだろう。常時、偵察を放ってはいるものの、自在に移動する騎兵を捕捉するのは困難を極めると、アスヴァール島において騎兵を駆って転戦した経験からよく理解している。

　アスヴァール島においては兵站が弱点であった。一方、この南大陸の大地においてはその制約が極めて少ない。少し馬で駆ければ豊饒な果実が実っている。

「『一角犀《リノケイア》』部族の拠点については、商家に探索を頼んでいます。幸いにして、彼らは数十騎の部隊で小部族や村を荒らしまわり、多くの手がかりを残しているとのこと。時間は我らの味方です」

　エリッサが言う。

「傭兵については、明日にも商家より雇い入れた二千人が合流いたします。ティグルさんと先生には、この傭兵隊を任せることになります」

「弓騎兵はナラウアスが率いるんだな」

「ええ。ナラウアス戦士長は『天鷲《アクイラ》』の宿将、彼の指示なら皆がよく聞くでしょう」

　ティグルもリムも、外からやってきた白い肌の部外者だ。ティグルにはいちおう、魔弾の神子《デウリア》という役割が与えられているが、その戦いを実際にみたのは部族の一部だけである。

　まずは傭兵を指揮させて実績を与えよう、というのが弓巫女ディドーとしての心づもりであろう。誰もが認める実績がなければ、いざというとき兵がついてきてくれない。

　アスヴァール島において、その実績は竜殺しというふたつ名が担保していた。しかも窮地にあったギネヴィア王女を救い出したという比類なき貢献がついていた。

「まずは一戦、勝利してからです」

少女は弓巫女の顔で、自らに言い聞かせるようにそう語った。

†

翌日。

『天鷲《アクイラ》』の大宿営地に集まった傭兵二千名は、浅黒い肌の南大陸人よりも北大陸から出稼ぎに来た白い肌の者たちが多かった。

聞けばこの時期、北大陸の傭兵は安く雇えるのだという。春から秋にかけては農村に雇われて畑仕事に精を出し、冬は武器をとって傭兵となる。そういう人々だ。

南大陸の冬は戦の季節である。

北大陸が荒れているときはあちらで雇われる方が実入りがいいようだが、あいにくと今年の冬はアスヴァールも他国も小競り合いがせいぜいであったようだ。

そのぶん今年は、多くの傭兵が戦を求めて南大陸に流れた。彼らの多くは商家を通じて地方の小部族同士の争いや、村や町を巡る小競り合いに関わる。

一方、部族の者によれば、七部族が傭兵を雇うのは珍しいとのことであった。これは単純に、七部族が遊牧民であり、弓騎兵を主力とするからである。徒歩の傭兵など足手まとい、というのが彼らの一般的な認識なのだ。

これは当然、七部族の指揮官が徒歩の傭兵を用いるための戦闘教義を理解していないからでもある。

「我々にとって狙い目は、その部分です」

集まった傭兵たちを眺め、リムは言う。彼らの大半は槍を一本、持っているだけだ。鎧どころか上半身が裸の者も多い。

もっとも、この暑い国においては、金属鎧などもってのほかであった。革鎧も、湿気が強いこの地においてはまたたく間に水分が染み込み、その重さと窮屈さで着用者を苦しめる。

「この地における徒歩の傭兵が弓騎兵にどう対抗するか、その手本を我々が示してさしあげましょう」

頼もしい限りである。


リムがまず傭兵たちに命じたのは、槍を置き、つるはしを握ることであった。

つまりは陣地構築である。『天鷲《アクイラ》』の宿営地のひとつに近い小高い丘を占拠し、これに弓騎兵の迎撃施設を建設するのであった。

丘の中腹に柵を巡らし、その周囲に穴を掘る。これだけで騎兵は容易に丘の陣地を攻められなくなるのだが、なにせ相手は弓騎兵だ。堀と柵で囲まれている陣地なら、堀の外から矢で攻めてくるだろう。これだけでは充分な対策とはならない。もっとも……。

「弓騎兵の持つ弓は、飛距離が短く威力も低い短弓です。それが丘の上を攻めるとなれば、威力は大きく減じるというものでしょう」

リムの言葉はその通りで、試しに構築した陣地に対してナラウアスの指揮する弓騎兵部隊に攻めさせてみたところ、彼らは思った以上の苦戦を強いられていた。

「我らの戦では、このような場所は無視し、敵の本陣を狙う」

ぶっきらぼうにそう宣言した彼の言葉はまさにその通りで、本来であればこんな面倒な陣地は無視すればいい。

自由な機動こそが騎兵の強みなのである。南大陸の大地は広大で、馬が渡れないような流れの速い川は少ない。草原はどこまでも続くように思える。弓騎兵は不利なところを避け、有利になるよう攻めればいい。それが彼ら騎馬民族の最大の強みであった。

よってティグルとリムは、その強みを消すために頭をひねらなければならない。具体的には、この陣の内側に、敵が無視できないものを置く必要があった。

「戦いの進め方がみえてきましたね」

視察に来た弓巫女ディドーは、そのやりとりを眺めてそう呟く。焦点さえ読めれば、あとは戦略、すなわち彼女にとっても馴染みのある策謀、駆け引きの領域であった。

「先手をとって相手に不利を押しつけるわけですか、先生。この陣地もそのためのものであり、ただつくるだけでは意味がないと」

「あなたは本当に飲み込みのいい生徒ですね」

「先生の教育の賜物《たまもの》ですよ」

そんなやりとりを、周囲の兵士たちはよくみている。

弓巫女ディドーが先生と呼び慕うリムアリーシャという指揮官は、こうしてナラウアスたち部族の戦士にも注目されていった。これもまたエリッサとリムが意図して行っていることであるとティグルは理解している。

ティグルには、本来部族の誇りである魔弾の神子《デウリア》という地位が与えられている。アスヴァール内乱で活躍した竜殺しのふたつ名は、この地にも轟いていた。

だがリムには、そういった確固たるものがない。彼女が指揮官として皆に認められるには、相応の手順を踏む必要があった。

どんな国でも、指揮官が兵士の信頼を掴む最適の方法がある。

戦に勝つことだ。

勝利は万人を酔わせる最高の酒である、という言葉がカル＝ハダシュトにはあるという。それは同時に勝ち続けることの危険性も示唆《しさ》しているのだが、今回に限っては、まず勝利して美酒に酔って貰わなければならないだろう。

陣地構築に用いたのは、まる三日。

傭兵たちの働きは、ティグルやリムからみればかなり手際が悪い。それも当然で、ティグルたちがアスヴァール内乱で運用していた陣地構築部隊は、かの国が特別に訓練してきた秘蔵の集団であった。

対してこの傭兵たちは、金目当てに集まった烏合の衆で、当然ながらそのほとんどは工作兵の真似などしたことがない。不平不満の類いは賃金と酒をふるまうことで緩和できたものの、ただでさえ炎天下の作業だ、慣れぬ作業に疲労は蓄積し、倒れる者も出る。

そんな傭兵たちに対する慰労《いろう》として、弓巫女ディドーは部族の女たちに草原や森で獲れた新鮮な果実を持っていかせた。特に水気がたっぷりと含まれた甘い果実は、くたくたになった傭兵たちを奮起させるに充分な力を持っていた。

ナイフで果実を剥いてくれる女たちに惹かれる傭兵も相応にいたが、そのあとのことは自由恋愛の範疇《はんちゅう》であると、弓巫女ディドーはひそかに女たちに言い含めている。

「部族の男はだいぶすり減ってしまいましたからね。聞けば七部族は、こうして外からの血を積極的に受け入れてきたそうです」

とは弓巫女ディドーを演じ終え、彼女専用の天幕のなか、疲れた様子でだらしなく寝そべりながら甘い果実を口にするエリッサの言葉である。ティグルとリムは毎日のように彼女と三人だけで打ち合わせをした。エリッサが望んだことである。

「ずっと弓巫女を演じていると、自分が自分でなくなるような気がしてくるのですよ。ティグルさんと先生は、そんな私を商人のエリッサに戻してくれます」

　とのことだった。

　状況に適応するのが早い彼女ではあったが、それは単に演技の皮をかぶるのが得意なだけにすぎないのであると。そして、演技をしているうちに本来の自分を見失ってしまうのであるとも。

「ティグルさんはすごいですよね。自然に人を率いる役割ができる。貴族様って、やっぱりそういうものなんですね」

「幼いころから、そういう教育をされてきたのはたしかだよ」

　貴族がない公国で生まれ育った者の意見は新鮮だった。

　思えばアスヴァール内乱は貴族と貴族の争いであった。未だブリューヌの価値観が強くこびりついているティグルにとって、それは極めてわかりやすい戦のかたちである。

　この地の戦は、そういうものとはまた違う気がした。部族のひとりひとりが主体となって、大きな流れに抗おうとしている。

「部族の戦士たちの顔色を窺うのは、私がやります。彼らは傭兵を見下しています。傭兵を用いるという私の作戦に正面から異を唱える者こそいませんが、それは私が先生に対して天幕の外で、わが師と持ち上げているから。様子見しているということです。作戦が失敗すれば、それみたことかと突っ込んでくるでしょう。まあ実際に先生は私の先生ですし、次の戦いで先生が失敗するなんて、私は微塵《みじん》も考えてはいないのですが」

「期待が重いですね。エリッサ、戦に絶対などありません。私だって、何度か敗北を喫しています。あまり盲信しないようにしてくださいよ」

「もっと力強い言葉で私を鼓舞してください」

「都合のいい言葉で王を喜ばせる役割は、私に向いていません」

ばっさりと切って捨てるリムに、エリッサはふかふかの絨毯の上で寝そべったまま足をばたばたさせた。まるで幼子のような様子である。

彼女はこうしてリムに甘えている。リムもまた、彼女の甘えを許している。ふたりの関係はそういうものであった。みていて微笑ましい。

「ティグルさん、なにを笑っているんですか」

「気持ち悪いですね……」

女ふたりから同時に辛辣《しんらつ》な言葉と非難の視線を浴びた。居心地が悪い。


実際のところ、リムは可能なら十日ほどかけて丘の要塞化を行いたかったようである。しかし状況はそれを許さなかった。

傭兵の指揮を開始してから四日目の朝、『一角犀《リノケイア》』のものとおぼしき数百騎が接近しているという情報が偵察の騎兵から得られたのである。おそらくは先遣隊で、後ろには本隊がいるであろう。

おおむね、ティグルの予想通りではあった。

「なんとか間に合いましたね」

リムの言葉通り、幸いにして丘の上を囲む最低限の柵と堀は完成している。手筈通りに周辺の宿営地に連絡を飛ばし、彼らの避難を開始させた。

馬や家畜、合わせて数千頭を連れての大移動である。とはいえ彼らはこの日が来ることを覚悟していた。ティグルやリムが驚くほど鮮やかに天幕を片づけ、家畜を追い立てて南へ移動する。

遊牧民の生活様式を頭では理解していたものの、目の前で行われている大移動の手腕は見事なものだった。半日前まで色とりどりの天幕が並んでいた宿営地が、あっという間にただの草原に戻ってしまうのだ。

「カル＝ハダシュト本島からこの地まで逃げてきた経験が生きているのですね」

リムが感嘆の声をあげていた。

「さて、これで懸念のひとつは片づきました。最悪、避難できなかった一部は丘の上に収容する必要もあるかと思っていたのですが……」

「そのぶん、余裕もできたな」

「本命に専念できます」

その本命は、ほどなくして幌馬車でやってきた。

弓巫女ディドーである。

†

『一角犀《リノケイア》』の部族の七百騎の弓騎兵が丘に迫る。

この地に『天鷲《アクイラ》』の宿営地があることは事前に把握していたのであろう。おそらくは周辺の小部族を介しての情報である。それは数日遅れの、しかし確度の高い情報のはずであった。

彼らが現地に到着してみると、驚いたことに宿営地は撤収したあとだった。

かわりに、丘の上に木の柵を巡らした陣地の内側に歩兵の集団が存在した。明らかに騎馬部隊への備えをしている。傭兵とおぼしき歩兵は、皆が己の身体をすっぽり隠すほど大きな木盾を構えていた。褐色の肌の者もいれば、北から来たとおぼしき白肌の者も多い。

相手が多少の対策を講じていたとしても、それはカル＝ハダシュトが誇る弓騎兵にとってなんら臆《おく》する理由にはならない。

小癪《こしやく》な作戦ごと踏みつぶせばいい。彼らにとっては、そう考えるのが当然であった。敵が小部族や白肌の傭兵なら、なおさらである。

よって七百騎は、本隊の到着を待たず、馬蹄《ばてい》の音を響かせ丘に殺到してきた。

「敵が来るぞ！　鐘を鳴らせ！」

丘の頂上に組まれた櫓《やぐら》の上で、ティグルは命じる。

騒々しい鐘の音と共に、眼下ではリムが傭兵たちの指揮をとり、盾を掲げるよう命令を下す。傭兵たちは訓練に従い、ぎこちなく大盾を持ち上げた。

そこに弓騎兵の放った矢が次々と突き刺さる。ところどころで、迂闊にも盾から身体の一部を出していた傭兵が腕や顔に矢を受け、悲鳴や呻《うめ》き声をあげている。

——ひどい練度だな。

ティグルは心の中で呟く。

民兵の方がまだマシだろうか。だが、そもそも訓練の時間が足りていなかった。槍や盾よりつるはしを握っていた時間の方がはるかに長いのである。連係など望むべくもない。

そんな状態でも、ティグルたちは勝たねばならなかった。『天鷲《アクイラ》』部族の者たちに、ティグルとリムは勝てる将であると認めさせる。それが、次の段階へ進むための最低限の条件なのである。

勝つためなら、なんだって利用しよう。ティグルは狭い櫓でかたわらをみる。

弓巫女ディドー、すなわちエリッサが、こわばった顔で、それでもぎこちない笑みを浮かべて、ティグルの隣に立っていた。

少女と視線を交わらせる。

「戦は、未だに怖いです」

「正直で偉いな。実は俺も少し怖い」

「ティグルさんもですか？　竜殺しなのに」

「怖いから、必死になって戦う。生き残るために力を振り絞るんだ」

ティグルは黒弓を構えた。丘のすべてがみえるここから、一本、矢を放つ。放物線を描いて、矢は丘の下、弓騎兵の部隊からかなり外れた草原に突き刺さった。

「風はわかった。エリッサ……いや、弓巫女ディドー、頼む」

「はい、魔弾の神子様《デウリア》」

エリッサは己の腹に手を当てた。その掌が青い輝きを放つ。

光が収まったとき、彼女の手には一本の青い矢が握られていた。『天鷲《アクイラ》』部族を象徴する、神器の矢だ。込められた力は『風纏《かぜまとい》』。エリッサから矢を受けとり、ティグルはそれを黒弓につがえる。

「なにか力を感じますか」

「いや、わからない」

少なくともこの矢からは、双紋剣や竜具のような、黒弓と呼応する力があるようには感じられなかった。だがそもそも、あの力はひどく不可解で、ティグルは一年前のアスヴァール内乱でも結局、それを自在に制御できるとまではいかなかったものである。

とにかく試してみるしかない。

ティグルは黒弓の弓弦を引き絞り、矢を放つ。青い矢は高い音を立てて宙を舞い、風に揺れるように不規則な動きをみせて敵の弓騎兵部隊に落下していく。

弓騎兵たちは一ヶ所に留まらず、常に馬を駆って移動しながら矢を放ち続けていた。ティグルの放った矢は、その移動先から少し外れた位置に向かって飛んでいく……。

とみせかけて、矢が急に向きを変えた。

まるで強い風で煽られたかのような変化で、弓騎兵部隊の先頭を駆ける指揮官の側頭部にほぼ真横から突き刺さる。指揮官は悲鳴をあげることすらできず、絶命して落馬した。死体を後続の馬の蹄が容赦なく踏みつぶしていく。

「今の矢はなんだ、どこから撃たれた？」

弓騎兵たちが戸惑い、間断なく放たれていた矢が一時的に止む。新しく指揮官となった男が鋭い声で命令を下し、部隊は丘をまわりこむように駆けた。横から別の部隊が来るとしても、そうして丘をまわりこんでいる限り不意討ちを受けることはないという判断だろう。

普通の敵が相手なら、それで正しい。

「次を頼む」

「かしこまりました、魔弾の神子《デウリア》様」

エリッサから二本目の矢を受けとり、ティグルはそれを黒弓で射る。矢はまたふらふらと上空を舞ったあと、今度は新しい指揮官となった男の真後ろから頭部を射貫いた。

弓騎兵の部隊が騒然となる。皆が周囲を見渡し、ひとりが丘の頂上の櫓に気づいた。櫓の上に立つティグルと、そしてその脇に控える弓巫女ディドーの姿を指さす。

「魔弾の神子《デウリア》だ！　奴ら、新しい魔弾の神子《デウリア》を据えたぞ！」

「今のは魔弾の神子《デウリア》のものか！　『天鷲《アクイラ》』の矢か！」

「撤退、撤退だ！　この情報を持ち帰る！」

はたして、敵の判断は予想以上に素早かった。指揮を引き継いだ者は馬を返し、丘を駆け下りる。残りも一糸乱れぬ動きでそれに続いた。丘を駆け下り離れていく弓騎兵の部隊を眺めて、ティグルは大きく息を吐きだす。

「第一段階は終了だ」

「上手くいきましたね」

エリッサの身が揺れた。緊張が解けて、力が抜けたのか。ティグルは彼女の肩を支えた。

「慣れろとは言わないが、緊張しすぎると身が保《も》たないぞ」

「頭ではわかっていたのですけど、それでも怖かったです」

彼女が弓巫女である以上、これからも戦場に連れていかなければならない。

本当はもっと後方にいるべき責任者が、こうして前線で姿をみせることを強いられる七部族の制度と神器の矢というものの特性。この地における戦というものについて、ティグルはいろいろと考えさせられるものがあった。

――本来、だからこそ七部族同士の戦は抑制されがちなのだろうな。

弓巫女を危険に晒《さら》す戦いなど、言語道断《ごんごどうだん》。そうなるのが普通の感覚である。だが『一角犀《リノケイア》』は違った。

「ティグルさん。弓巫女の足の腱を切ってまで、ただの道具として運用している。

「ティグルさん。ひとつ勘違いしています。私、どうも高いところが苦手みたいで。下をみていて、頭がくらくらしました」

「それは悪いことをした」

たしかに、商人だった彼女はこんな高いところからまわりを見下ろす経験などなかっただろう。それにしても、凄惨な殺し合いやすぐそばに迫った命の危険よりも高いところから下を見下ろす方が怖いとは。かえって頼もしいと考えるべきか。

「行商人でしたからね。野盗の前にあえて身を晒して囮《おとり》になったこともあります。命のやりとりだけなら、多少は……」

「普通の行商人は自分を囮にしたりしないだろう。その一件、以前に聞いた気がするな」

「はい、オルガとネリーが護衛でした」

戦姫と弓の王を名乗る者が揃って護衛なら、さぞや頼もしかったに違いない。もっともそのとき、彼女はふたりの素性を知らなかったとのことである。それでいて、自らが囮を務めるとは、なんとも肝が据わったことだ。

「ティグルさんには、ネリーが隣にいるときのような安心感があるんですよね」

「弓の王を名乗る者と同格とは、光栄だな」

　エリッサはしばし口を閉じ、ティグルの目を覗き込んだあと、なにを感じたのかひとつ鼻を鳴らした。

「ネリーのことになると、少し意地っ張りになりますね。あのひとにだけは負けたくない、そんな気負いが感じられます。普段のティグルさんは、戦の中ですら自然体なのに。それほど印象的だったんですか。たった一度しか会ったことがないんでしょう」

「その一度が強烈だったんだ」

　ティグルはエリッサを支えて櫓から下りる。リムが駆け寄ってきて、エリッサに「怪我はありませんか」と訊ねていた。

「顔色が悪いようにみえます。エリッサ、本当に大丈夫ですか。あなたが望むなら作戦を変更することも視野に入れましょう」

「私、高いところが苦手なみたいです、先生」

　リムは虚《きょ》を突かれたように、ぽかんと口を開けた。冷静沈着を旨とする彼女がこんな風になるのは珍しいことだ。

「怖いもの知らずなあなたに、意外な弱点があるものですね」

「先生は私をなんだと思っているんですか。私はただの商人ですよ」

「ただの商人は、誘拐された先で誘拐犯の首領になって万の民を率いたりしません。あまつさえ、ちゃっかり他者を王に立てるまでの計画をつくっているのですから」

「もとより、捨てるつもりの権力ですよ」

「その権力に無頓着なところが、なおさらただの商人ではありえないというのです」

まったく、とリムはエリッサの頭を軽く小突《こづ》く。

「いつまでたっても、目を離せない子ですね」


逃げた弓騎兵の部隊に対しては、距離を置いて追跡する偵察隊をつけている。無理はするなと厳命しているが、『一角犀《リノケイア》』の現在の拠点が発見できれば儲けものである。未だ、『一角犀《リノケイア》』が大陸側に送り込んできた軍勢の総数も定かではないのだ。

翌日になると大勢が判明した。

先遣隊は特に隠すところなく本隊に合流したのである。

そして『一角犀《リノケイア》』の本隊は、今、ティグルたちの守る丘に迫ってきているという。弓騎兵だけの軍勢が、総数四千余り。エリッサが掴んだ情報によれば『一角犀《リノケイア》』の動員兵力は最大で弓騎兵七千余であるとのことだが、すでに弱りきった『天鷲《アクイラ》』ならばこの程度で押しつぶせると考えたのか、半数ほどはカル＝ハダシュト本島に置いてきた様子である。

にもかかわらず、現在、丘に迫ってきている『一角犀《リノケイア》』の本隊には本旗がはためいているとのことであった。

「本旗とは、弓巫女と魔弾の神子《デウリア》が揃っているとき揚げる旗です。『一角犀《リノケイア》』の本旗は、彼らの刺青同様、巨大な一本角を持つ犀を象ったもの。見間違えるはずはありません」

なお『天鷲《アクイラ》』の本旗も存在し、本来であればいつでも掲げることができるという。こちらも刺青同様、翼を大きく広げた鷲だ。

前回、それをしなかったのは、本旗をはためかせる役割の者は、弓巫女と魔弾の神子《デウリア》が乗る馬のそばに控えるという不文律があるから、とのことであった。

端的に言えば、このあたりの規則に弓巫女と魔弾の神子《デウリア》が騎乗していない場合が想定されていないのだ。ティグルはともかく弓巫女ディドーは馬の扱いがさして得意ではない。故にこれまで、本旗を揚げて戦ったことは一度もなかった。

「本旗の用意はしてあります。次の戦いで掲げますか」

「櫓の上に掲げよう。敵の魔弾の神子《デウリア》をつり出す必要がある」

現在の『一角犀《リノケイア》』を率いる魔弾の神子《デウリア》は、ギスコという名の荒くれ者だ。

彼と彼のとりまきは、ひどく乱暴な手段で部族を掌握し、『天鷲《アクイラ》』に戦争を仕掛けてきた。こと戦に関しての手腕はたいしたもので、ギスコ個人も極めて優れた弓矢の技量によって、『天鷲《アクイラ》』の魔弾の神子《デウリア》を打ち破った。

それ以来、ティグルが来るまで『天鷲《アクイラ》』の魔弾の神子《デウリア》の座は空白のままであった。その地位は、誰でもいいというわけではないのだ。一時はナラウアス戦士長が魔弾の神子《デウリア》につくべきであるという運動もあったものの、これは弓巫女ディドーによって却下されている。

「時機を待ちます。反転攻勢の時は必ず来ます。それまで、どうか私を信じてください」

弓巫女ディドーは、粘り強く部族の者たちを説得した。ナラウアス戦士長ではギスコの相手にならない。それはナラウアス本人も認めるところであった。これは気合いと根性でなんとかなる問題ではない。

「今こそ、その時です」

「俺なら勝てるのか」

ティグルは、リムを交えて三人きりになったとき、一度エリッサに訊ねたことがある。返事は即座で、そして端的であった。

「勝てます」

「わかった、ありがとう」

「なぜティグルさんが私に感謝するのですか」

「きみが俺を信じてくれるからだ」

信じる者のためなら戦える。魔弾の神子《デウリア》同士が戦う以上、弓巫女ディドーはそのそばで矢を供給する必要があった。彼女とティグルは一心同体だ。

「心配しなくても、ティグルさんを信じる人はじきにたくさん増えますよ。この部族では、弓の腕はなにより尊ばれるものです」

「それは、彼らと接していて感じるな。男はみんな、そういう価値観なんだろう」

「女性もですよ。実はティグルさんの種を欲しがる子はいっぱいいるんですけど、私の方で止めてあります。積極的に後押しした方がいいですか？」

エリッサは、ちらりとリムの方をみて悪戯っぽく笑った。リムはそんなエリッサの頭をこつんと叩いた。

「からかうのはやめなさい」

「本気なんですけどねえ。大丈夫、種だけでいいんです。生まれた子どもは部族全体で育てるしきたりですから」

全然大丈夫ではない。リムがいつもよりいっそう表情を消してティグルを睨んでいる。

実際のところ、部族の女たちと傭兵の間で発生した自由恋愛もさきほどエリッサが語ったように、種だけもらって生まれた子どもは部族全体のものとして育てる風習が確立されているのだという。それが普通で、自然なことであると。

北大陸ではあまり考えられないしきたりで、ティグルとしてはひどく戸惑ってしまう。

「その割には、エリッサ、きみは血筋のせいで誘拐されたんだよな」

「弓巫女ですからね。『天鷲《アクイラ》』の矢は血で人を選ぶという言い伝えがあるのです」

その部分だけ、部族の風習から考えて異質な気がする。

「ティグルさんが違和感を覚えるのも当然ですよ。伝承が正しければ、矢は七部族がカル＝ハダシュト島に流れついてから手に入れたものですから。部族で子どもを育てるという概念はずっと昔から存在していて、でもそれとは異なる概念が後から加わったわけです」

「そもそも矢って、なんなんだ。どこで、どうして七部族のものになった」

「伝承によれば、カル＝ハダシュトにおわす『名もなき神』が、カル＝ハダシュト島に移り住んだ七部族に与えたもうた正しき力、です。『名もなき神』はおっしゃいました。子らよ、この七つの力でカル＝ハダシュトを統治し、繁栄せよ。汝らの繁栄は我の喜びである、と」

「神の名前が存在しないのか」

「伝承によっては、『名の失われた神』ともあります。歳月を経て、名前が失われてしまったと考える方が妥当かもしれませんね」

矢を与えてくれたというのに名前を忘れるとは、北大陸の常識から判断すればずいぶんと薄情なことのように思えてしまう。

「この地における物語の継承は、すべて口伝《くでん》ですからね。仕方がないことかもしれません」

「そうか、ジスタートでもブリューヌでもアスヴァールでも、建国の物語はしっかりと書物に書き記されている」

それとは別に、建国の物語を王家が歪めて伝えるという弊害《へいがい》はあったようだが……それはまた別の問題である。

「『名もなき神』……あるいは『名の失われた神』か。それはどれくらい前の話なんだ」

「口伝ですから、正確な年代はわからないんですよね。ずっと昔、としか……。他国の資料と照らし合わせれば、いろいろわかるかもしれません。でも……」

「そんな余裕は、今の俺たちにはない、か」

そもそも、ティグルたちは別に伝承の収集に来たわけではない。余計なことは考えず、目の前に迫った戦いに集中するべきであろう。

それでも、ティグルの心のなにかが、ひっかかっているのだった。

「神から矢を与えられた七つの部族の七人の女性は、弓巫女と名乗り、それぞれの部族を率いることとなりました。これが弓巫女の誕生です。この地の建国物語でもあります。特殊なのは、七組二点。ひとつは弓巫女たちを統べる者が存在しないこと。カル＝ハダシュトの双王には、七組の弓巫女と魔弾の神子《デウリア》のなかからひと組が選ばれます。ですが双王は七部族に対してそう大きな力を発揮できるわけではありません。七部族の外にいる小部族や、後からきてこの地に根づいた商家と呼ばれる人々を統率するのが、双王の主な役割となります」

「それで他国と交渉ができるのか」

「ここしばらく、双王は話し合いで決まっていました。たいていの場合、双王となる部族は、そのときもっとも力があるところです。カル＝ハダシュトの一部族と商家の力は侮れないものです。ことに南大陸の国々は、弓騎兵の力をよく理解していますよ。かつてはこの大陸西海岸部にも、多くの国々が存在したそうです。ですがそれらは、カル＝ハダシュトの弓騎兵が一掃してしまいました」

このあたりの地形はなだらかで、どこまでも草原が続く。弓騎兵にとってはもっとも得意な土地だろう。東方には大きな山脈が連なるという。そのあたりまでがカル＝ハダシュトの勢力圏で、その外側に侵出するのは弓騎兵と強大な国力をもってしても困難であるという。

「弓騎兵の活動範囲が、そのままこの国の勢力圏、か」

「そういうことですね。無理をすれば南大陸の東方や北大陸に攻め入ることもできるかもしれませんが、別にそんなことをする利点はなにもないですから、しないだけということです。とはいえ東方の大国も相応に力があるという話ではありますから、いざ戦えばこっちが負けるかもしれませんが……。これは部族の人たちの前では言えませんね、忘れてください」

彼らは彼らの生き方に、そして弓騎兵の力に強い信頼と自負を抱いている。その尊厳を汚しても、いいことはひとつもないだろう。

とはいえ、これからティグルたちは、その弓騎兵を相手に徒歩の傭兵たちを中心として一戦を交える必要があった。

「そういえば、建国物語で特殊なことの、もう一点というのはなんだ」

「さっきも言った通り、カル＝ハダシュトの神についての情報がほとんど存在しないということです。この地の人々は精霊や妖精を崇めていますし、そういった非日常の存在に対して肯定的です。ですがそれでも、神の名どころか、神の行いや古の信仰についてのあれこれまで、この地の人々は知らないのです。興味がない、という者が大半ですが、一部の古老に訊ねてみたところ、その人が若いころ、知りたいと思っても、そういった情報に対する手がかりすらみつけられなかったとのことです」

「弓巫女は、巫女というからには神を崇める存在なんだろう。弓巫女の間でも、なにも伝わっていないのか」

「少なくとも、私は先代から役目を引き継ぐ際、実務的なもの以外なにも教わりませんでしたね。仮に弓巫女から弓巫女へ伝わる事項があったとしても、矢が誰を主とするかわからない以上、どこかで伝承が断絶するのは確実です。この地の組織は、そういった非常に不安定なものの下に成り立っているということです」

たしかにそれは特殊なことだ。基本的に、支配の法則は堅牢《けんろう》をよしとする。動乱は国を、民を疲弊《ひへい》させるからだ。この地を支配する法則は、あえてそのよくないものを顕現《けんげん》させるかのように、ひどく不安定なものであった。

――まるで血が流れることを歓迎するような……。

まさかな、とティグルは首を横に振る。

「七部族が、七部族のまま今に伝わっているのは、ただの幸運の賜物なのでしょうか。それとも、なんらかの作為があるのでしょうか。私はふと、そんなことを考えてしまいます。だって、私ならこんな不安定な組織、絶対にそのままにはしません」

「商人なら、そうだろうな。安定をとって当然だ」

「親から子へ受け継がれるものですからね」

ブリューヌやジスタート、アスヴァールといった王家が力を持つ国家と比べてもひどく不可解である。とはいえ目の前の少女にとっては、商人の活動に置き換えた方がよほど理解しやすいのだろう。それは彼女の強みだ。

「なんて……いろいろ考えてみても、私には関係のないことなんですけどね」

「ことが終わったら逃げるから、だよな」

「ええ。次の人たちがある程度上手くいくようには道を舗装《ほそう》します。でもそれ以上のことまでは、さすがに責任を持てません」

ひょっとしたら、とティグルは思う。

この地のシステムは、彼女のような異質な存在を迎えたことで大きな節目を迎えるのではないか、と。

いずれにしても、ことが明らかになるのはもっと先のことだろう。

†

その日は朝から叩きつけるような雨だった。視界が悪いなか、『天鷲《アクイラ》』部族は偵察を多く出し、『一角犀《リノケイア》』部族の行方を探る。

攻めてくるなら今日だろう、とティグルは睨んでいた。いや、相手の思考を読み解いていた、といってもいい。

「『天鷲《アクイラ》』の矢は風を操る。この雨と風のなかでは、その力を十全に発揮できない。相手はそう考えるに違いない」

魔弾の神子《デウリア》同士の決闘において、弓巫女の矢は勝敗の鍵を握る。ティグルは先日の戦いで、指揮官を狙い撃ちする戦い方をした。その弓の技量は、脅威の度合いは、先遣隊の生き残りから聞いてよく理解しているに違いなかった。

「ギスコは、これまでも弓の腕で勝利を積み重ね、己の地位を固めてきたと聞く。一騎打ちの機会には必ず飛びつくだろう」

「そう、でしょうか」

「ナラウアスによると、ギスコの『一角犀《リノケイア》』の支配は万全とは言い難いようだ」

小部族や商家経由で、いくらか『一角犀《リノケイア》』の情報が流れてきたのだという。そういった部族内の情報が流れること自体、部族が一枚岩ではない証拠である。

「ギスコの乱暴さに反発する者も多いらしい。彼はその動きを力ずくでねじ伏せ、暴力と恐怖で部族を支配している。そんな人物だからこそ、挑発されれば逃げるわけにはいかない。力に頼った支配だからこそ、弱気な態度は余計に求心力を失わせる」

「でもティグルさん。だったらどうやって、ギスコに対抗するんですか。あの男はただでさえ、七部族でも随一の弓の使い手なのですよ。そのうえ、風雨に影響を受け辛い『一角犀《リノケイア》』の矢があるのです」

「圧倒的に不利だな」

エリッサの言葉を素直に肯定してみせる。だが……。

「それくらいの餌がないと、わざわざ丘に向かって総攻撃なんてしてくれないだろう」

「そうまでして、陣地を使いたいのですね」

「傭兵を活躍させたい、というのはもちろんある」

雇った傭兵たちの手柄は、すなわちリムの手柄となる。今後の戦いを考えれば、部族の戦士たちにリムの力を認めさせるのはもっとも重要な課題だ。しかしすべてが弓騎兵で構成される『一角犀《リノケイア》』部族の軍勢に対して、徒歩で装備も練度も貧弱な傭兵部隊ができることは少ない。

その数少ないできることのひとつが、堅牢な陣地に籠もっての籠城戦であった。

地面の状況は悪ければ悪いほどよい。

馬蹄が泥濘に足をとられ、持ち前の機動力は大きく減衰される。弓騎兵の強みを減じる、この状況での陣地攻略戦、まともな指揮官なら、そんなものは避けるはずだ。

「ティグルさん。ギスコなら、来ますか？」

「来る」

ティグルは断言してみせた。本当に確信しているわけではない。しかし指揮官が迷いをみせるわけにはいかない。

「味方の被害より自分の手柄の方が大切な男なら、この機会を逃すはずがない」

エリッサは、口もとに手を当て、ふむと考え込んだ。

「たしかに、これまではその強引な手腕が、彼を魔弾の神子《デウリア》にのし上げました。私たち『天鷲《アクイラ》』はその剛腕によって引き裂かれ、無残に敗走しました。これまで彼は、その手法で成功体験を積み重ねています。だから今回も、きっと同じように己の強みを押しつけてくる……そういうことですね」

そこまでティグルの思考を辿ったあと、彼女はぽんと手を叩く。

「相手に有利であると錯覚するよう、取り引きを持ちかけて、行動を誘導する。商売の世界でも、頻繁に用いられる手法です。口八丁でそれができて一人前、状況でそれを制御できて一流です。ティグルさんは一流の商人になる素質がありますね」

ずいぶんと持ち上げてくれる。

とはいえ敵を相対的に不利な戦場へ釣りだす、という作戦のもっとも難しい点は、これで達成できる。そうなると残る問題は……。

「ティグルさんは、ギスコに一騎打ちで勝てるのですか」

やはり、そこに行きつく。どれほど策を弄したとしても、七部族同士の争いは弓巫女の矢を用いた魔弾の神子《デウリア》同士の一騎打ちに行きつく。彼女自身も戦場でその身を晒すことになるのだ。気が気ではないだろう。それについてはティグルも申し訳なく思う。

「一騎討ち、不利なのでしょう?」

「勝てないとは言ってないだろう」

「勝算があるのですか」

ティグルは、せいぜい頼もしくみえるよう、不敵に笑ってみせた。

「これでもアスヴァール内乱で活躍した竜殺しなんだ」

エリッサの後ろでそれを聞いていたリムがため息をついていた。やせ我慢して、とでも言いたいのだろう。もちろん、リムとてわざわざエリッサを不安にさせるようなことは口にしない。

叩きつけるような豪雨のなか、偵察の騎馬から、敵の軍勢が接近しているという報告が入った。

『一角犀《リノケイア》』の部隊は、迂回もせずまっすぐティグルたちのいる丘を目指しているようである。

視界がきかないため数ははっきりとしないながら、偵察隊の報告通りなら四千余り、そのすべてが弓騎兵だ。

おそるべき大軍勢であった。

対してこちらは、敵からみえる限りの戦力で徒歩の傭兵が二千人。力の差も数の差も歴然としている。丘の上に構築した陣地を食い破られれば、逃げ場もなく、たちまちのうちに皆殺しにされるだろう。それは敵だけでなく、味方も同じように考えているはずだった。

「慌てて逃げても、背中に矢を受けるだけです。踏みとどまって戦うことだけが、我々が生き残る唯一の道であると心得なさい」

リムが声を張り上げ、ともすれば浮き足立ちかねない傭兵たちを前に演説している。叩きつけるような雨を貫いて、その声はよく通った。陣地中の兵士が彼女を女神のようにみつめている。

先遣隊との戦いでは、盾で守りを固めたおかげでほとんど死傷者が出なかった。それも傭兵たちの信頼を集めている理由だろう。もっとも、あんなのは小手調べだ。今日の戦いが正念場となる。

その光景を、ティグルは先日と同じく丘の頂上に組まれた櫓の上から眺めている。かたわらには、やはり先日と同じく弓巫女ディドーの姿があった。彼女は風雨に濡れて震え、ティグルの腕にしがみついている。

「エリッサ、怖いか」

「風で吹き飛ばされて落ちてしまいそうです。この櫓、揺れすぎですよ。大丈夫なんでしょう

いい。

「相変わらず、戦より高さの方が怖いんだな……」

これは度胸があるというべきかどうか、悩むところだった。まあ、下手に暴れられるよりはか」

叩きつけるような雨のなか、地響きと共に、横に大きく広がった騎馬軍団が丘に近づいてくる。自軍陣地内では大盾を構えた若い傭兵が押し殺した悲鳴をあげていた。

恐怖の感情は、いくら訓練しても残るものだ。その感情と向き合うためには実戦を経る必要がある。ましてや今回、敵となるのは、歩兵が相手であれば十倍の数であっても打ち破ると言われるほどの圧倒的な武勇を誇る、カル＝ハダシュトの弓騎兵であった。

その弓騎兵の先頭が、丘の中腹に差し掛かる。彼らが弓に矢をつがえた。

「盾、構え！」

地面で指揮をとるリムが傭兵たちに命令する。

傭兵部隊は、大盾を一斉に頭上に掲げた。矢の雨が、陣地内部に降り注ぐ。その大半は頭上の強い風雨を浴びて失速し、陣地の少し手前に落ちるか、力なく盾に弾かれた。

幾本かの矢は木製の盾の表面に突き刺さる。

弓騎兵の群れは、散開し常に位置を変えながら矢を放ち続けた。傭兵たちは陣地の内側で繋ぎ目のない一列の壁となってその矢の雨を受け止める。弓騎兵が丘の中腹を駆けて盾の切れ目を探すが、陣地を一周しても傭兵の盾が存在しない箇所は発見できなかった。

「敵はずいぶん攻めあぐねてますね。これまで私たちは、あの整然とした騎射に、たいそう苦戦したのですが……」

「実は、この守りを崩すのは簡単なんだ」

憮然とするエリッサの言葉を受けて、ティグルは言う。エリッサは首をかしげた。

「どういう方法ですか」

「火矢だ」

少女は納得した顔になる。

「だからなおさら、雨は都合がいいんですね」

その通り、密集した防衛陣地に対して火計は優れた攻略法だ。弓騎兵が陣地攻略をする際、最初に考えつく方法だろう。

だが、火は天候に恵まれなければ使えない。少し湿気っているだけでも、火のまわりは悪くなる。この南大陸において、乾季以外で草原がカラカラに乾燥することは少ないらしい。故にティグルの作戦は、そう分の悪い賭けではない。

この豪雨において、問題は二点。ひとつは弓矢から守ることができても、反撃の手段に乏しいことだ。

大盾の間から弩弓《どきゅう》を構えた傭兵が反撃しているものの、一回ごとに弦を巻く弩弓の連射間隔は弓騎兵の矢のそれに大きく劣る。そもそも移動と射撃を同時にこなせる弓騎兵に対して、弩弓では狙いをつけることすらままならない様子であった。機動力に翻弄されている。

ふたつめの問題は、敵に魔弾《デウリア》の神子がいることである。

「どけ！　役立たずどもめ！　もういい、俺がやる！」

弓騎兵の背後から大声が響いた。

馬の列が割れて、ひときわ大柄な馬が姿を現す。馬の背に乗る男もまた、大柄だった。傷だらけの上半身は裸で、ほかの者よりひとまわり大きな弓を手にしている。癖の強い髪を三房にわけて後ろで結んでいた。

男の後ろには、ひとりの女が馬の背に仰向《あおむ》けになってくくりつけられていた。女もまた上半身裸で、乳房が露出している。

「ギスコと『一角犀《リノケイア》』の弓巫女です」

「あれが……」

ティグルは絶句した。敵部族の弓巫女がギスコの手から逃れようとして、懲罰で足の腱を切られたとは聞いていたものの、それでも彼女は未だに弓巫女で、矢を持っているが故、なんとしても戦場に連れてくる必要がある。どうするのかと考えていたが……。

ここまでひどい扱いをされているとは。

ギスコが馬の背にくくりつけた女の腹に手を置く。女の腹が白い輝きを放つ。次の瞬間、ギスコの手には一本の白い矢が握られていた。

「そうだ。お前はそうして、おとなしく俺に矢を与えればいい」

ギスコは馬上で大弓に矢をつがえる。弦を引き絞った。腕の筋肉が盛り上がり、丸太のように太くなる。

「その程度で俺の矢を防げると思ったか！」

放たれた矢は、純白の光輝を帯びてまっすぐ飛ぶと、丘の上の陣地に突っ込んだ。大盾を掲げていた傭兵の盾を貫通し、その後ろで弩弓を構えていた傭兵の脳天を突き刺す。矢は勢いを減じぬまま傭兵の死体を連れて飛び、地面に突き刺さるとそこで爆発を起こした。

爆風で周囲の傭兵たちが十名以上も吹き飛ぶ。怒号と悲鳴が飛び交い、前列の盾持ち傭兵たちが浮き足立つ。

ギスコは陣地内の惨状をみて、呵々と笑った。

「地べたを這う蛆虫《うじむし》どもが策を弄したところで無駄と知れ！　次の矢だ、よこせ！　早くしろ、グズめ！」

後ろを向くと、弓巫女の腹をひと撫でする。弓巫女の身体が痙攣《けいれん》した。その腹部から白い矢が生まれる。ギスコはその矢を掴むと大弓につがえた。

「こいつがあれば、その程度、泥の壁も同然よ！」

二本目の白い矢が放たれた。これもまた陣地に飛び込み、大盾を破って数名の傭兵を巻き込んで爆発する。陣地のあちこちで傭兵たちが悲鳴をあげた。このままでは殺される、と弱音を吐く者の声が聞こえてくる。

「ティグルさん」

「いい腕をしているな。口だけじゃない。あれだけの大弓を馬上で扱って、身体の芯がいささかもぶれていない」

「褒めている場合ですか！」

ティグルだって口ぶりほど冷静ではない。ギスコの弓巫女に対する扱いには憤っているし、好き放題に矢を撃ち込まれ味方をやられて我慢できるはずもない。だがそれ以上に、相手の力量を把握することは重要だった。

ギスコが櫓の上に立つティグルと弓巫女を睨む。

「今度の魔弾の神子《デウリア》は白肌と聞いたが、とんだ臆病者だな？」

巨躯を揺らしてせせら笑い、弓巫女の腹から手に入れた三本目の矢を大弓につがえる。それを確認してから、ティグルは弓巫女ディドーにうなずいてみせた。彼女は己の腹に手を当てる。輝きと共に青い矢が生まれた。

「魔弾の神子《デウリア》様、どうか我らをお救いください」

青い矢を手渡されたティグルは、それを黒弓につがえた。弓弦を引き絞る。やはり、アスヴァール内乱のときに感じたような特別な力は黒弓から感じられない。

「『天鷲《アクイラ》』の弓巫女、逃げ足だけは早かったが、その櫓からは逃げられまい。そんなところに登ったのが運のつき、今度こそ潔《いさぎよ》く死ね！」

ギスコが矢を放つと同時に、ティグルもまた弦から手を離した。

白と青、二本の矢が互いに向かって飛ぶ。だがギスコの矢はまっすぐ櫓の上のティグルに向かって飛んだのに対して、ティグルの矢は大きく弧を描いて山なりの軌道を描いていた。

「エリッサ、すまない」

「え、ティグルさん？」

ティグルは片手でエリッサを抱き寄せると、櫓から身を投げた。

一拍置いて、櫓に白い矢が突き刺さり、爆発を起こす。爆風に煽られ、ティグルとエリッサの身体は宙をくるくるまわりながら落下する。エリッサはティグルの胸もとで絹を裂くような悲鳴をあげた。

なんとか途中で体勢を安定させて両足で地面に着地し、勢いを殺すため、ぬかるんだ地面に転がったあと、すぐ起き上がると矢筒から二本、矢をとり出した。

ティグルは斜め上めがけてたて続けに放った。

「なんなんですか、もうっ！」

エリッサが泥まみれになって、恨めしそうにティグルを睨みながら叫ぶ。彼女に手を差し出し、立ち上がらせた。

「すまなかった」

「次は説明してからやってください」

「機会があったら、そうしよう」

少し遅れて、櫓の残骸の木片が地面に落ちてくる。

はたして、放った矢の行方はどうなっただろうか。ティグルは顔をあげて周囲を見渡す。

ほぼ同時に、傭兵たちの歓声があがった。

†

ギスコの親は、十年前、部族内の抗争で殺された。当時、『一角犀《リノケイア》』の魔弾の神子《デウリア》は小部族に対して宥和的《ゆうわてき》な政策を支持していた。それは部族内の武闘派にとって、稼ぎが減ることを意味したから、魔弾の神子《デウリア》に反対する者は多かった。

魔弾の神子《デウリア》は、敵対する派閥の宿営地を、夜陰に紛れて焼き払った。

ギスコが生き残ったのは偶然で、兄と共に夜通しの狩りに出ていたからである。戻ってきたとき、ギスコと親しかった者は全員、死体となっていた。

ギスコは復讐を誓い、数年かけて同調者を集めた。

魔弾の神子《デウリア》に一騎打ちを挑み、これに勝利して親の仇《かたき》を殺した。

部族を掌握したギスコは、決起に協力してくれた同調者を中心として、反対派を徹底的に弾圧することで立場を強化した。もとより力がものを言う部族社会で、圧倒的な弓の腕を持つ彼に逆らう者は少なかった。

彼は勝利し続けた。魔弾の神子《デウリア》の地位を強奪した彼には、それだけが己の立場を維持する方法だと知っていた。彼が勝ち続ける限り、不満を表に出す者は少なかった。

その数少ない批判者の中心が、かつて共にあの日の虐殺を生き延びた兄だった。

彼はギスコに訊ねた。

「どこまで勝ち続けるつもりだ」

ギスコは即座に返事した。

「どこまでも。この国で俺に敵対するすべてに勝利する。その次は、大陸だ。近くの国から順番に食っていく。そのあとは、北大陸を征服するのもいいだろうな」

勝ち続ければ、人はついてくる。ギスコはそれを知っていた。

彼の弓の腕があれば、それが可能なはずだった。

そして。

ギスコは、櫓の上に立つ白肌の魔弾の神子《デウリア》に対して矢を放った瞬間、勝利を確信していた。

渾身の一撃だった。『一角犀《リノケイア》』の白い矢はなにものをも貫く無敵の矢だ。真正面から相手が決闘に臨んだ時点で、ギスコの勝ちは決まっていたといってもいい。

ましてや相手は、逃げ場のない櫓の上である。

同時に白肌が放った青い矢は、山なりの軌道を描いてゆっくりと落下してくる。ギスコは足で馬を操って少し横にそれた。相手が仮に凄腕で、矢をギスコめがけて正確に放っていたとしても、その軌道上から外れることができたはずである。

矢が櫓を貫き、爆発が起きる。

これで終わりだ。ギスコの勝利だ。ついに長年の『天鷲《アクイラ》』との抗争が終わりを告げた。

ギスコは安堵と共に馬を止めた。

†

豪雨のなか、ギスコは気づかなかった。櫓から飛び降りたティグルが地面から通常の矢を二本、放っていたことに。

その矢のうち一本が、ふらふらと宙を舞う青い矢と衝突し、その軌道を変化させたことに。

青い矢は、ギスコの馬の移動先に真上から落下した。

それは『天鷲《アクイラ》』の矢が持つ本来の力、『風纏《かぜまとい》』であった。上空の風が強ければ強いほど、落下の際に加わる力が際限なく上昇する、おそるべき力である。

青い矢は風によってふらふらするのではない。吹きすさぶ風の力を吸収して己の力に変換するのである。その不可思議な性質を、ただの商人であるエリッサは理解できなかった。リムは矢の軌道をみたとき違和感を覚え、ティグルならこの力を有効に活用できると看破《かんぱ》した。矢を試射したティグルは、卓越した狩人の本能のようなもので、その特質を掴んだ。この力は雨風の強いこの日において、もっとも真価を発揮すると直感していた。

故に彼は、ギスコの移動先までを予測し、そこに青い矢の落下先を置いた。

結果……。

†

ギスコは肩に強い衝撃を受けて落馬した。泥沼のなかを転げまわり、悲鳴をあげる。かろうじて顔をあげた。己の肩に青い矢が深々と突き刺さっている。

ありえないものをみた。そんな馬鹿なと叫ぼうと口を開けたとたん、大量に吐血した。それでも残る力を振り絞って立ち上がろうとする。

ふとみれば、馬に縛りつけられていたはずの弓巫女を縛る紐が切れていた。馬の背に一本の矢が刺さっている。いったい誰が放った矢だ。

弓巫女は、暴れる馬から振り落とされた。

「あの魔弾の神子様《デウリア》が、わらわを縛めから解き放ってくださったのですわ」

弓巫女が泥水から顔をあげ、そう告げる。

彼女は立ち上がろうとして、よろけた。足がろくに動かない様子であった。当然だ、彼女が歩けないよう、彼女の足の腱を断ったのはギスコなのだから。

弓巫女は、道具だ。考える必要などない。歩く必要などない。ギスコのそばで矢を出し続ければいい。だから邪魔なものは始末した。

「このときを、ずっと待っておりました。ずっと夢見ておりました。ずっと、どうすればいいのか考えておりました」

弓巫女は地面をはいずって、ギスコのもとへ迫った。細い手がその腹に伸び、白い輝きを放つ。輝きが消えたとき、手には白い矢が握られていた。

「なに、を……」

返事のかわりに弓巫女は矢を握って、ギスコに近づく。彼女がなにをしようとしているのか、ギスコはようやく理解した。後ずさろうとするが、手足に力が入らない。その場に、仰向けに倒れた。

「これは、我が部族の不始末。我が部族の手で、わらわの手で、決着をつけなければならぬということでありましょう」

弓巫女は、ギスコのすぐ目の前、息がかかるところまで這いずってきたあと、両手で白い矢を槍のように構えた。ギスコは彼女を手で払おうとするが、その腕は力なく垂れたまま持ちあがらない。やめろ、と口にしようとした。大きな血の塊を吐いただけだった。

弓巫女が妖艶《ようえん》に笑った。

「ご安心ください。過《あやま》ちを正したあと、わらわ自身も……」

彼女がギスコに対して倒れ込むように向かってくる。

白い矢が眼前に迫る。ギスコの眼球に半透明の鏃が突き刺さった。それは女の弱った力でもってしても抵抗なく、目の奥まで深く深く挿入される。ギスコが最後に認識したのは、弓巫女が彼にかける熱い吐息だった。

†

ティグルとリムは馬に乗った。

堀に木の板をかけさせ、即席の橋を渡って陣地の外に出る。敵軍は大混乱に陥っていた。ギスコの死と共に、仲間割れが起きたのである。今や『一角犀《リノケイア》』部族はふたつに分かれ、真っ向から殺しあっていた。

ギスコのそばに弓巫女が倒れている。

馬を寄せ、見下ろした。彼女は自らの矢でその喉を貫いた様子であった。矢はすでにかき消えているが、その間に流れた血は彼女を絶命させるのに充分であっただろう。

彼女はなぜ死を選んだのか。彼女のことも『一角犀《リノケイア》』のこともギスコのこともろくに知らないティグルには、確たることはいえない。たしかなのは、『一角犀《リノケイア》』部族が魔弾の神子《デウリア》と共に弓巫女をも失ってしまったということだけだ。

それとは別に、すぐ解決しなければならないことがある。『一角犀《リノケイア》』の者たちが仲間内で始めた争いを止めなければならない。

ギスコを倒し弓巫女の拘束を解くまではティグルの狙いのうちであったが、この事態はさすがに想定外であった。

「ギスコのやりかたに反発する者たちです」

その声に顔をあげれば、別動隊を率いて少し離れた場所に待機していたナラウアスが、部下五百騎と共にやってきた。

「ギスコ派と反ギスコ派の争いか」

「彼の死と共に、それまで抑えつけられていたものが一気に爆発したのでしょう。これは好機、今こそ積み重なった恨みを晴らすときです。魔弾の神子《デウリア》様、どうかご指示を」

「少し待ってくれ」

もともとティグルの作戦は、ギスコを倒したあと待機させておいたナラウアスの部隊で混乱する敵を強襲、一気に殲滅するというものであった。今、それをすれば理想的な殲滅戦に移行することができるだろう。

　問題は、もはやそういった戦闘の領域でない。はたしてそれをする意味があるのかどうか、という戦術、戦略級の課題である。

　ティグルがためらううちに、リムが馬を下りて、折り重なって倒れるギスコと弓巫女のもとへ歩み寄る。どうするのかとみれば、彼女はすでにこと切れた弓巫女の裸体をマントで覆うと顔に手を当て、カッと見開いたままの目を閉じさせたあと、ジスタートの神に祈りを捧げた。

　同じ女性として、みるに忍びなかったのだろう。

と、リムの祈りの文句が止まる。

「どうした、リム」

「それが……」

　リムは腹に手を当て、それからティグルを振り返った。

　その手には、白い矢があった。

　ナラウアスが驚愕の声をあげる。狼狽《ろうばい》していた。無理もない。ティグルだって驚いている。

「どうやら」

　リムは硬い声で告げた。

「私は『一角犀《リノケイア》』の弓巫女として選ばれたようです」

†

弓巫女は血筋で選ばれる。エリッサはそう言っていた。

ティグルは彼女の言葉をそのまま受け止めた。エリッサは弓巫女ディドーとして、部族の年長者から正確な知識と認識を伝授されていると思っていたからである。

だがエリッサの受けた説明が弓巫女の継承に関することのすべてではなかったら？

部族の者たちが継承について誤解していたら？

あるいは、『天鷲《アクイラ》』の矢と『一角犀《リノケイア》』の矢では継承に関して異なる法則が存在していたら？

いや、考えるのはあとでいい。ティグルは現状をそのまま飲み込むしかないと判断した。この状況でやるべきことは、なにか。

「リム、その矢を渡してくれ」

ティグルはリムのもとへ駆け寄り、彼女の手から白い矢を受けとる。黒弓に矢をつがえ、弓弦を引き絞った。

相争う『一角犀《リノケイア》』部族の上空めがけ、矢を放つ。矢は純白の光輝を帯びてまっすぐ飛んで、弓騎兵たちの上空に吸い込まれたあと、一拍置いて激しい閃光と共に爆発を起こした。

雨雲が爆風で吹き散らされ、雲の切れ間から陽光が差し込む。

弓騎兵たちの馬が強烈な爆音で驚き、てんでばらばらの方向に逃げはじめた。大混乱に陥った弓騎兵たちは、もはや戦うどころではなくなって、途方に暮れた様子でさきほどまで戦っていた相手と顔を見合わせている。

あるいは馬の制御だけで精一杯となり、あるいは馬から振り落とされて蹄に踏みつぶされる不運な者もいた。混乱の極みとなった戦場に向かって、ティグルは声を張り上げる。

「『一角犀《リノケイア》』の矢は新たな弓巫女を選んだ！　彼女がおまえたちの弓巫女だ！　矢の意志に逆らう者はこの場より去れ！　それ以外の者は彼女の前に跪《ひざまず》け！」

リムに視線を送ると、彼女は心得たもので、『一角犀《リノケイア》』部族の弓騎兵たちの視線を集めるなか、腹部から白い矢をとり出してみせる。

『一角犀《リノケイア》』の男たちが、驚愕の表情で白い矢を見守った。

「まさか、白肌の弓巫女だと……？」

「だが、矢はあの者を選んだ」

「なんたること、矢は我らを見捨てたのか」

天を仰ぐ者、棒立ちとなる者、うなだれる者。男たちはさまざまな反応を示すなか、その一部が馬を下りると、ティグルたちのもとへ歩み寄ってくる。ティグルは一瞬、警戒したものの、彼らの表情に敵意がないことを確認して弓を下ろした。

彼らは次々とティグルとリムのそばに歩み寄り、平伏して、この地の言葉で新たな弓巫女と魔弾の神子《デウリア》に対して忠誠を誓う。

最初は数人だった。

それが呼び水となり、次の数十人が続いた。更に様子をみていた数百人がそれに続いた。最後には、四千人余りの弓騎兵のうち半数以上がティグルとリム、新たな『一角犀《リノケイア》』の魔弾《デウリア》の神子と弓巫女に平伏したのだった。

残る者たちも、この場で争う気はないのだろう、武器を下ろして北へ立ち去ろうとする。

「追撃をお命じになりますか」

「やめよう。この戦は終わった。後始末の方が重要だ」

ナラウアスの言葉に、ティグルは首を横に振った。実質的には一騎打ちだけですべてが決まり、彼らはろくに戦うことすらなく、昨日までの敵に服従するかどうか迫られたのだ。考える時間が必要だろう。

「甘いと思うか」

「いいえ、我らのありように寄り添って頂けること、嬉しく思います」

ナラウアスは笑って、背後の部下たちに振り向いた。

「これより我らに降伏した『一角犀《リノケイア》』の者たちを害すること、けっしてまかりならぬと心得よ。過去の遺恨は水に流せ。これは弓巫女様と魔弾《デウリア》の神子様のご命令である」

ここに連れてきた五百騎の『天鷲《アクイラ》』の弓騎兵は、いずれも歴戦の猛者たちである。『一角犀《リノケイア》』との戦いですり減った精鋭の生き残りだ。

同胞を、仲間を、親兄弟を、愛する女を、子どもたちを殺されてきた者たちだった。当然、思うところはあろう。だが今この場で表立ってティグルたちを非難する者はいなかった。

ティグルの実力と、白い矢と青い矢、神器の二本を放った場面を共にみていたということもある。矢の威光に助けられたかたちだ。

これからがたいへんだな、とティグルは思った。

部族同士の骨肉の争いが、まったく予想外のかたちで決着した。いろいろな展開は予想し、それへの対策も考えていたのだが、こんなもの想像しろという方が無理である。

だが、その予想外によってみえてきた未来もあった。

ならば過去の不備を嘆くのではなく、これからの展望に繋げていかなくてはならない。ティグルとリムは顔を見合わせる。

「まずは、弓巫女ディドーと相談いたしましょう」

その通りだった。

第3話　カル＝ハダシュト本島

数日後、『天鷲《アクイラ》』は『一角犀《リノケイア》』と同盟を結ぶこととなった。

共通の魔弾の神子《デウリア》のもと団結するということだ。実質的には合併吸収である。不満を抱く者は両部族に多数、存在した。それでも今や双方にとって、この同盟は必要なことだった。

なんといっても『一角犀《リノケイア》』の矢はリムのものとなってしまった。

本来、弓巫女《アルディア》はなにより尊ばれるべきものである。ギスコは魔弾の神子《デウリア》として、それを蔑ろにした。やむを得ずとはいえ、部族は彼に従い、部族においてもっとも尊重するべきものを汚したのだ。

そうしたら、矢は次代の弓巫女として、まったくの部外者である白肌の女を選んだ。

これは報いであると、罰であると、『一角犀《リノケイア》』の一部は噂した。許しを得る方法はひとつで、故《ゆえ》に自分たちは新たな弓巫女に従うということになった。

早い話が、『一角犀《リノケイア》』部族の戦士の多くはティグルやリム、『天鷲《アクイラ》』に降伏したのではなく『一角犀《リノケイア》』の矢の意志に服したのである。

矢が自分たちを罰するならそれは受け入れるべきである、というのが彼らの論理であった。

ティグルにはとうてい理解できないことであるが、七部族の者たちにとっては、それこそなによりも納得しやすいものであるらしい。

少なくとも『天鷲《アクイラ》』の戦士長ナラウアスは「彼らはリムアリーシャ殿が矢を持つ限り、頼もしい同盟者でありましょう」とつい先日まで激しく争っていた『一角犀《リノケイア》』部族の戦士たちを受け入れた。

無論、矢の意志に服したからといって怨恨《えんこん》が水に流されたわけではない。『天鷲《アクイラ》』に対して働いた狼藉《ろうぜき》の数々、我慢ならぬと憤る者はいた。『一角犀《リノケイア》』部族の戦士たちも、そのすべてがこの沙汰《さた》を飲み込んだわけではない。

少なくない数の『一角犀《リノケイア》』の戦士が、部族から離脱した。

彼らの多くは夜陰に紛れて馬と共に消え、そして戻ってこなかった。カル＝ハダシュト本島に戻った者もいるだろうし、小集団で狩りをして生き長らえる者もいるだろう。

このあたりは食料が豊富で生きることに不便がない。彼らがそういう選択をするというなら、無理に引き留めるべきではないだろうというのがナラウアスや弓巫女ディドーの判断であった。

「野盗に落ちて治安を悪化させる懸念はあるんじゃないか」

「その場合でも、せいぜい数騎であれば小部族でも対処可能なのです、魔弾《デウリア》の神子様」

ナラウアスが言う。

「部族を離脱した戦士にはギスコの腹心が多いとのこと。ギスコの下で、部族内でも小部族が相手でも好き勝手をしていた者たちです。彼らに恨みを抱いた小部族は、これ幸いと執拗《しつよう》に狙うかもしれません。誰がどこへ行った、という情報を流している者もいるようです」

ティグルは弓巫女ディドーをみた。彼女は慌てて首を横に振る。

「今回、そういう手引きはしていませんよ。ティグルさん、どうして私が裏で悪だくみしていると思うんですか」

「普段が普段だからでは？」

もうひとりの弓巫女となったリムが呆れ顔で教え子に追い打ちをかける。完全にエリッサに戻った少女は、頬をふくらませてティグルとリムを睨《にら》んだ。

「だいたい、権力闘争から逃げた負け犬にわざわざ追い打ちする理由がないじゃないですか。彼らにここから巻き返す方法があるならともかく、ちょっと私には思いつきません。弓巫女という急所はこっちが押さえてしまっているんですから」

――理由がない、か。

本当にそうだろうか、とティグルはナラウアスに視線で訊ねる。『天鷲《アクイラ》』の戦士長は少し迷うように首を横に振った。

「まったく血のつながりがない北大陸《ネステール》の者が弓巫女となったことなど、これまでになかったのです。そういう意味では、なにが起きても不思議ではありません」

「先生、じつは七部族の血族だったりしませんか」

「実家に戻って親に聞いてみなければ断言はできませんが、そのようなことはないでしょうね。

私の家は、昔からあの町で役人をしていたと聞いています」

リムの言葉に、皆がまあそうだろうなとうなずく。もし七部族と血のつながりがあったとしても、それは少なくとも百年、二百年、あるいはそれ以上昔のことだろう。

「所詮、私は役人の子です。貴族のように明確な系譜があるわけではありませんので、断言はできませんが……」

もしかしたら、とティグルは思う。リムは双紋剣《カルンウェナン》にも選ばれた。そういうものに選ばれやすい体質というのがあるのかもしれない。

「そういうことは、いくら考えても意味がないだろう。重要なのは、今、リムが『一角犀《リノケイア》』の弓巫女だということをどう利用するかだ」

「ティグルの言う通りですね。私の立場をどう確立させるべきか、今の段階ではっきりさせるべきでしょう」

すでに『一角犀《リノケイア》』の戦士たちの代表格とはなんどか話し合いの場を持っていた。彼らは部族と縁もゆかりもない白肌の弓巫女に対してひどく戸惑っていたものの、大勢として、リムを受け入れよう、まわりにもそう説得しようと口にしている。

もっともそれはこの遠征部隊における代表たちであり、カル＝ハダシュト本島に残した長老や女たちはまた違う反応を示す可能性があるとも。

今回の『一角犀《リノケイア》』の遠征は、ギスコの主導で、彼が頭ごなしに命令して発生したものであった。

　部隊には二種類の戦士がいたのだという。すなわちギスコの腹心で彼のいいなりとなる者たちと、ギスコの支配に対して懐疑的な目を向けていた反ギスコ派のなかでも、ギスコが特に目を離せないと判断した者たちである。

　当然ながら、『天鷲《アクイラ》』に降ったあと素直にティグルたちの配下になることを受け入れたのは後者が主であり、前者のうちかなりの戦士が部族を離脱したのであった。今や両者の力関係は逆転しているのだから、そういうことにもなろう。

「今後の方針ですが、まずカル＝ハダシュト本島に赴いて、『一角犀《リノケイア》』の本隊と合流しなければなりません」

　弓巫女ディドーの顔に戻ったエリッサが告げる。

「もっとも、『一角犀《リノケイア》』の長老たちが我々の支配を受け入れるかどうかは未知数です。場合によってはもう一戦交える必要があるかもしれませんし、その際、我々に降った『一角犀《リノケイア》』の戦士たちがこちらの指示に従うかどうかも考えなければならない要素です。ですが、『一角犀《リノケイア》』の本隊を放置することはできませんし、ことは早急に解決しなければならない問題です」

「参考までに聞かせて頂きたいのですが、放置した場合、どうなると考えますか」

　リムの問いに、エリッサはナラウアスをみる。戦士長は彼女に代わり、口を開いた。

「七部族のうちほかの五部族が『一角犀《リノケイア》』の本隊を吸収する可能性が、もっとも懸念される事態です。場合によっては草刈り場となるでしょう」

「略奪を働くと？」

「ギスコは恨みを買うのが得意でした」

まったく、あの男は死しても祟る。

「先遣隊を出す必要がありますね。先生、ティグルさん、お願いできますか」

弓巫女ディドーの判断は速かった。ティグルとリムはうなずく。無辜《むこ》の者が虐《しいた》げられる可能性がある以上、否とは言えない。

†

ただちに編制された本島への先遣隊は、いずれも弓騎兵ばかりが五百騎。内訳は『天鷲《アクイラ》』から二百騎、『一角犀《リノケイア》』から三百騎である。双方を指揮するのは、『一角犀《リノケイア》』の弓巫女となったリムアリーシャと魔弾《デウ》の神子《リア》ティグルヴルムド＝ヴォルンであった。

副官として『一角犀《リノケイア》』から壮年の戦士がつくこととなる。

戦士としては小柄な禿頭《とくとう》の男で、ガーラと名乗った。戦士長であるという。さらに、ティグルが殺した魔弾《デウ》の神子《リア》ギスコの兄であるともつけ加える。ティグルは驚いた。

「言いにくいことかもしれないが、ガーラ、どうしてあなたは今回の先遣隊に参加したのだ。

俺はギスコの仇《かたき》だぞ」

「もともと私は、あの愚かな弟の横暴を少しでも諫《いさ》めるため、遠征に参加したのです。愚弟は私を警戒しつつも、私が本島に残っていれば留守の間になにをするか分からないと、目の届くところに置いておきました。結局、私はあやつの暴走をほとんど止めることができなかった。なんども意見しては殴られ、最後には縛られて幌馬車《ほろばしゃ》のなかに幽閉される始末。結局、最後の戦いには参加できませんでした。ティグルヴルムド卿、あなたが弟を止めてくれなければ、とうとう癇癪を起こしたあやつによって、今ごろ殺されていたことでしょう」

ガーラの背後に待機する『一角犀《リノケイア》』の戦士たちをみる。彼らはガーラに対して信頼のこもった視線を送っていた。

なるほど、彼こそがナラウアスの言っていた、『一角犀《リノケイア》』の反ギスコ派、その筆頭であったか。兄弟で相争うのは、ブリューヌの貴族社会ではよく聞く話だ。しかしこのような土地柄、そういったこととは無縁だと、なんとなく思っていた。

――人はどこでも変わらないものだな。

「わかった、よろしく頼む」

いずれにしても、ティグルとリムはこの集団をよくまとめなければならない。

この先遣隊にはマゴー老も加わっている。斥候《せっこう》として彼以上の者を知らない、とはナラウアスも認めるところであった。意外だったのは、『一角犀《リノケイア》』の熟練の戦士たちが一様にマゴー老を敬うような態度をみせているところであった。

「マゴー老は、妖精の友人ですから」

聞けば、彼が森に分け入り妖精と会話する者であるのは有名な事実として流布《るふ》されているものであるらしい。吟遊詩人《ミネストレーリ》の詩のなかには、マゴー老を讃えるものもあるのだとか。生ける伝説のような存在だ。

もっとも、当のマゴー老は彼らに賞賛と敬意のこもった視線を向けられても、煙たそうに顔をしかめるだけであった。

「マゴーはたいしたことをしちゃいない」

口癖のように、そんなことを言う。

「マゴーのようになってはいけない。本来、人は人と暮らすべきだ」

彼の言葉を『一角犀《リノケイア》』の者たちは謙遜《けんそん》と受け止めているようだった。アスヴァールでも実際に妖精と接していたティグルとしては、マゴーの言うことも少しはわかる。

かの地では、人と精霊の間に生まれた子や、それらの先祖返りと出会った。精霊や妖精、あれらと人とは、どれほど親しくしても、どこかで相容れぬものなのだと理解したつもりである。

だがこの地において、妖精はアスヴァールよりも近しい隣人だ。これほど豊かな草原に、深い森。それらが未だにこの地に残っているのも、その隣人との適切な距離をこの地の人々がみつけたからなのだろう。

それはそれとして、マゴー老が斥候として働いてくれるのは実に助かることだ。

その年齢もあるから、疲労を考慮し休ませながら働かせることにはなるだろうが、彼のような切り札があるのとないのとでは、いざというときの安心感がまったく違う。

「それでは頼みますよ、弓巫女リムアリーシャ」

集まった先遣隊の前で、弓巫女ディドーが、先遣隊の形式上の隊長となったリムと握手する。弓巫女同士の友好を演出するのは重要なことだった。

「お任せください、弓巫女ディドー。我々の任務の第一はカル＝ハダシュト本島の『一角犀《リノケイア》』部族との合流、部族の長老の説得、他部族の動向に関する情報収集、以上ですね」

「はい、その三点、どうかよろしくお願いいたします」

かくして、ギスコの死から五日後。

両部族合同の先遣隊五百騎が、大宿営地を出発した。

南大陸《メリデール》の北西のつけ根、スパルテル岬と呼ばれる地。西をみれば、二ベルスタ（約二キロメートル）ほどの海を挟んで、雄大な森に包まれたカル＝ハダシュト島がすぐそこにみえる。

ティグルたち先遣隊は、一日でその地に辿り着いた。

「ここから、本当に船を使わず海を渡れるのか」

ティグルは流れの速い海峡を眺めて、部下に訊ねる。話を聞かされていてもなお、信じられない思いだった。

はたして陽が中天を過ぎ、少し傾《かたむ》き始めるころのこと。

「始まります」

ガーラが告げた。

彼の予言の通り、海に岩肌が現れた。

最初、それは猫の額ほどのおおきさの小島だった。

その小島はみるみる大きくなり、周囲にも不規則に岩肌が露出しはじめる。それはたちまち一本の道となり、次第に道幅が広がった。馬が数頭、並んで歩けるほどの砂浜が誕生したのだ。

今まさに、南大陸とカル＝ハダシュト島がひとつになったのである。

遠浅の海岸が、干潮によって陸地に転じたのだ。まるで神の御業を思わせる、驚異的な光景であった。

「今のうちに渡りましょう。急がなくては、この道はすぐまた海に沈みます」

驚いて動きが止まっていたティグルとリムをガーラがせかし、自ら海から陸となった場所へ馬を進める。

「わかった、行こう。リム」

「ええ、参りましょう」

　ティグルとリムは慌てて彼に続いた。急な引き潮に逃げ遅れた魚たちが岩肌の露出した道のあちこちでその身を痙攣《けいれん》させている。

「魚たちも、運が良ければ潮が満ちるまで生き延びるでしょう。もっとも、それまでに獲られなければ、ですが」

　馬を並べ、ガーラが言った。振り返れば部隊の残りがティグルたちについてきている。岩で馬の蹄を痛めないよう、慎重に手綱《たづな》を操っていた。

　その更に後ろでは、南大陸の小部族の者と思しき人々が遠慮がちに続き、彼らは道具を使って打ち上げられた魚たちを次々と回収していた。

「あれがこの地の漁なのか」

「時季にもよります。春から夏にかけてはここまで潮の満ち引きが激しくありません。冬の今が、もっとも広い道ができる時季となります。それだけ漁も盛んとなります。ほら、あちらのように」

　ガーラの言葉に従ってカル＝ハダシュト島の側をみれば、そちらも人々が急造の陸に足を踏み入れ、魚や貝を拾い集めていた。女や子どもも多い。なかには、馬に乗って近づいてくるティグルたちに気安く手を振る者までいる。

「俺たちが誰だかわかっていて、ああして親しげに振る舞っているのか」

「失礼ながら、ティグルヴルムド卿。白い肌の男女が先頭をきって歩いているのですよ。あなたがたは、この数日でだいぶ有名になられた」

ガーラは平然と返した。

噂の伝播が想像以上だ。この地の人々は女でも馬に乗る。部族間の情報の伝達速度は北大陸の町から町のそれよりもずっと早いと考えるべきなのかもしれない。

この地においては、大陸と島の行き来に陸を伝うことができる。

聞けば、この地の象の群れは、季節によってカル＝ハダシュト島と南大陸を往復し、生活するのだという。大食漢《たいしょくかん》の彼らは一ヶ所に留まらず常に移動することで、餌に困らないというわけであった。

竜はいかに巨大といっても、群れることもなく、そもそも棲息数《せいそくすう》は極めてわずかであると推察されている。この地で象のように巨大な生き物が多数、棲息していることには、草木の旺盛《おうせい》な繁殖力以外にも相応の理由があるということだ。

馬の蹄が乾いた陸地を踏みしめる。

心なしか、吹き抜ける風が強くなったような気がした。振り返れば、騎兵たちのほとんどは海を渡り終えていた。

極限まで引いた潮がふたたび満ちようとしている。

岩塊の隙間に海の水が入り込み、両側から徐々に海に飲まれていく。漁に出ていた人々が慌てて陸に避難した。カル＝ハダシュト島のそばで、逃げ遅れて転んだ子どもがいる。母とおぼしき女が慌てて駆け寄ろうとして、同胞に止められていた。

逃げ遅れた子どもは小島にあがったものの、周囲では海水が激しく渦巻き、身動きができなくなっている。

「毎年、数度はああいう事故が起きます。あの子は運がなかった」

ガーラが険しい表情で告げる。どうしようもない、とばかりに首を振っていた。

ティグルは少し考えたあと、リムと視線を交えた。リムはかたい表情でうなずき、己《おのれ》の腹に手を当てる。白い輝きが放たれる。

「矢だ。あれは矢の輝きだ」

周囲でことの次第を見守っていた人々が口々に呟《つぶや》く。

「白肌の女が弓巫女になったという噂、本当だったのか」

人々の視線を浴びながら、リムが白い矢を己の腹部から生み出す。ティグルは馬を寄せ、彼女から矢を受けとった。

矢を弓弦につがえ、引き絞ると、海に向かって放つ。

『一角犀《リノケイア》』の矢は子どもと陸の中間の海中に吸い込まれ、そして激しい爆発を起こした。海水が柱のように立ち上り、水が割れて子どもと陸の間にふたたび道ができる。

「走れ！」

目を丸くしている子どもに向かって、ティグルは叫んだ。

子どもが慌てて駆け出すのをみて、即席でつくられた海の間の道に馬を走らせる。ふたたび転びかけた子どもを捕まえると馬の背に乗せ、きびすを返して陸を目指した。海が高波となって、左右から迫ってくる。

「しっかり掴《つか》まっていろ」

背の子どもに告げて、前のめりになったティグルは馬に拍車をかけた。ティグルと子どもを乗せた馬は、割れた海がひとつに戻る寸前、陸に到達する。

固唾《かたず》を飲んで見守っていた騎兵たちと現地の人々が、一斉に歓声をあげた。

「新たな『一角犀《リノケイア》』の弓巫女様と魔弾《デウリア》の神子様、万歳！　万歳！　万歳！」

一度、起きたその歓声はなかなか鳴り止まなかった。

†

子どもを助けるために『一角犀《リノケイア》』の矢を使ったことで、先遣隊が弓巫女と魔弾《デウリア》の神子と共にあることは周辺集落に一気に伝わったようである。

カル＝ハダシュト島の海岸沿いは定住して漁をなりわいとする者たちが多く、そういった者たちは部族民とも商家《しょうか》とも呼ばれない、第三のカル＝ハダシュト民として扱われていた。

どのような土地でも、海に生きる者たちは、独自の文化と権力を持つものだ。七部族の弓騎

兵がいくら強くとも、船で沖に逃げてしまえば追うこともできない。故に古来、海の民と陸の民は力を認め合い、互いを対等の取り引き相手としてきた。

集落の子を助けたティグルとリムは、周囲でもひときわ大きな村に招かれ歓待《かんたい》されることとなった。急ぐ旅であるからと断ることも考慮したが、ガーラに相談すれば「それは相手の顔を潰すことになります」とのことである。

集団同士の恩讐《おんしゅう》をおろそかにしてはならないというのは、貴族の政治と同様であった。そういうことであれば、ティグルとしても致し方がないところだった。

人数が多ければ問題も起ころう、なにより歓待もたいへんであろうと、ティグルとリム、その護衛として数名だけで招待されることとなった。

残りの者たちは近くの草原で野営となる。野営の場所に困らないのは、このカル＝ハダシュトの大地の素晴らしいところだろう。

「斥候を出してくれ。まずはカル＝ハダシュト島の現状を把握したい。ただし、どうしてもというとき以外は交戦を避けるように。マゴー老も斥候に加わってくれ」

一応、そう指示を出しておく。斥候となる騎兵は、なるべく二部族を交ぜて編制する。これは現場での融和を促すという意味もあるが、小部族との遭遇の際、『天鷲《アクイラ》』と『一角犀《リノケイア》』、どちらかと友好的な部族であれば情報を得ることも容易《たやす》かろうと考えてのことだった。

夜が訪れた。

村では焚き火を囲んで、祝宴が行われた。ティグルたちは振る舞われた酒と料理をたらふく食らう。歓待されることで、相手に恩を返させてやる。

人と人のつながりが生まれ、それが後々、集団と集団の取り引きに昇華されていくのだ。これぞ政治というものであり、ティグルは本来、その政治の専門家たる貴族のひとりなのであった。

昆布と干物で出汁《だし》をとった煮物、鯨《くじら》の切り身、鮮魚を煮潰して団子にしたもの、木の実を発酵させた粘り気のある漬物。海の幸を中心とした、この土地の料理をたっぷりと堪能《たんのう》する。

「味に、癖になる深みがあるな」

「土地によって食材も調理も違うとは聞きますが、この土地の料理は、北大陸で生まれ育った我々でも受け入れやすいものですね」

ティグルもリムもおおいに食べ、飲んだ。

同時に、情報の収集も行う。集落の長老によれば、『一角犀《リノケイア》』のギスコが暴れ出したのをきっかけとして、ほかの部族同士も抗争を開始し、カル＝ハダシュトの各地で不穏な気配が漂っているとのことであった。このあたりは事前に聞いていた情報の裏づけをとれたかたちである。

重要な情報が、ひとつ。

現在、『一角犀《リノケイア》』の本隊が宿営地とするあたりで、周辺の力の弱い小部族が集まっているようだった。すでにギスコの死はこの辺りでも噂となっている。この機に乗じて、小部族が同盟を組んで『一角犀《リノケイア》』への略奪が行われるのではないか、とは長老の懸念するところであった。

「小部族がいくつも集まったところで、そこまでの力があるのか」

「ギスコという者、周辺の小部族に対して略奪を働き、たいそう恨まれていた様子でございますからな……。恨みを晴らす好機到来、となれば損得よりも恩讐の情が勝りましょう」

なるほど、ティグルたちがこの集落に招かれたように恩義で人が動くこともあれば、憎悪や復讐の情念で団結することもある、か。

ギスコ個人に対する恨みは部族全体に対する恨みとなり、ギスコの死によって今やそれが破裂寸前になっているということであろう。『一角犀《リノケイア》』の反ギスコ派にとってはたまったものではないが、個人の不正を組織が償う羽目になるのもまた世の習いである。

どうするべきか、ティグルとリムは相談した。

「他の七部族との交渉も課題なのですが……」

「今後のためにも後顧の憂《うれ》いを断つべきか」

血をみずには済まないだろうなという予感がある。


翌日の朝、夕方に放った斥候が戻ってきた。

「小部族の斥候に行く手を阻まれました。『一角犀《リノケイア》』の大宿営地がある南西部に警戒線が敷かれております」

事態はティグルたちが考えているより深刻化しているようだ。

「マゴー老が、単身、警戒線の内側に入り込みました。上手くいけば『一角犀《リノケイア》』の大宿営地にたどり着けるでしょう」

「彼ひとりで大丈夫なのか」

「森を突破するとおっしゃっていました。彼にできなければ、誰もできないでしょう」

「それは、そうだろうな」

夜の森でマゴー老と行動を共にした経験からいっても、あれほどの人物はそういないだろうと信頼できる。

高齢の彼にそこまでさせてしまうのは申し訳なく思うが、もし『一角犀《リノケイア》』の大宿営地に残っている部隊が小部族同盟の本格的な襲撃を受けているとしたら、彼らと連絡をとれるかどうかは極めて重要なことがらだった。

「小部族同盟の部隊規模は、どれくらいになるだろうか」

「最低でも二千騎、加えて象を扱う部族が手を貸していると思われます」

「象の部隊か……」

ティグルは象の巨体を思い出す。あれの群れが大宿営地に突入すれば、大惨事となろう。天幕が破壊されるのみならず、女子どもは踏み潰され、阿鼻叫喚の地獄絵図が展開されることになるのは火をみるより明らかだ。

本来であれば先遣隊はここで待機し、充分な戦力を本隊に要求するべきであるが……。

「我々先遣隊は、本隊を待たず、俺たちだけで先行する」

ティグルは決断した。

「窮地にあるであろう『一角犀《リノケイア》』の大宿営地の救援に向かう。偵察に使った馬は休ませて、一部はここに待機。集まった情報は船を手配して大陸に送ってくれ」

幸いにして、この地の漁師たちの信頼は得られた。情報は、速やかに弓巫女ディドーのもとへ届くことだろう。彼女であれば、それをもとに適切な判断ができるに違いない。

偵察で疲弊《ひへい》した騎兵は野営地で休ませた。残った四百騎余りと同数の替え馬を連れて、ティグルとリムは海岸線沿いの集落から出発する。

集落の人々が見送りに出て、手を振ってくれている。

ティグルは彼らに手を振り返しながら、その豊かさについて考えていた。子どもを助けたお礼とはいえ、昨晩の饗宴《きょうえん》はたいしたものであったのだ。

森に入れば果実が手に入り、海の幸にも苦労しない。そんな彼らだからこそ、あそこまでの親切をティグルたちに提供できたのだろう。

無論、そこには弓巫女と魔弾の神子《デウリア》に対して友好的であろうという打算もあるに違いないのだが、それにしたって北大陸の寒村を数多くみてきたティグルとしては、食料が豊富に手に入るこの地独特の環境というものについて考え込まざるを得ない。

森に沿って馬を走らせながら、リムがぽつりと呟いた。

「この森を切り開けば、多くの人が定住できるでしょうね」

彼女の言葉で、ティグルは気づく。

「リム、それはきっと定住民の考えかたなんだ」

「どういうことでしょうか」

「この地が豊かな恵みをもたらしてくれるのは、森も海もありのままだからだ。きっと、この国の人々は、かなり早期にありのままの森や海と共存することを選んだんだろう。それは、もともとの土地の恵みが少なかったブリューヌやジスタートではありえなかった選択だ。もともと過剰なほど恵みが多い土地では、それができた」

「人は、より豊かに暮らそうと考えるものではありませんか。この地の人々は、よくそれを抑制することができましたね」

「たぶん、そこにまだ俺たちの知らない要素が関わってくるんだろう」

ティグルもリムも、まだこの国のすべてをみたわけではない。

「いまの暮らしでも民は飢えることがない。なら、変化を促す必要もないってことだろう」

「それでも争いはあるのですね」

「人が集まれば政治が始まる。すべての人が、餓えずに生きられるというだけで満足するわけじゃない。際限なく欲望を膨らませる者だっている。ギスコも、たぶんそういう人物だったんだろう」

そして一度争いが起これば、怨恨が生まれる。強い怨恨は次の戦いを生む。

「ひょっとしたら弓巫女と魔弾の神子《デウリア》というものも、かつては怨恨の連なりをどこかで止めるための装置だったのかもしれないな」

ティグルはぽつりと呟いた。

「装置、ですか」

「矢が選ぶ弓巫女と、人々のなかから任意に選ばれる魔弾の神子《デウリア》が手をとりあって、争いを治める。そういう装置だ。弓巫女ひとりでは力が足りない。魔弾の神子《デウリア》だけでは人々をまとめる象徴たりえない。ふたりが手を重ねて矢を放つことで、象徴は現実の力になる」

「七組の弓巫女と魔弾の神子《デウリア》のなかから双王《そうおう》を選ぶというのも、そのときもっとも強力な象徴と力をもってこのカル＝ハダシュトという国を統べるということですか」

「だからこそ、双王が倒れれば国は乱れる。今のように、商家も小部族も、好き勝手に動いてしまう。この国は早急に新しい双王を立てる必要があるだろう」

本来であれば、それは七部族の話し合いで決まるはずだった。ギスコが逸《はや》ったおかげで、平和裏にことが収まる可能性の火は消えてしまった。

その火を、もう一度、灯すことができるだろうか。

すべてはこの後、『一角犀《リノケイア》』の大宿営地を守ることができるかどうかにかかっている。

『天鷲《アクイラ》』と『一角犀《リノケイア》』が手を組む前提は、この両者が揃うことで七部族内での数的な有利を得られるかどうか、なのだから。

逆に、両者が手を組んでなお、大宿営地を小部族に荒らされ放題にされるようでは、今後の他部族との交渉でも足下をみられることになるだろう。

「『一角犀《リノケイア》』の大宿営地は、必ず守ります」

リムは力強く告げる。

「私はこの矢に選ばれました。なにかに選ばれるということの意味は、去年、よく理解したつもりです。矢は私に、弓巫女として、部族の過《あやま》ちを正し導くことを望んでいるのでしょう」

順調に行けば、明日の昼には『一角犀《リノケイア》』の大宿営地にたどり着く。

†

ティグルとリムの率いる先遣隊は、日が南中に近くなったころ、小部族のものとおぼしき偵察の騎馬を発見した。呼び止めて話を聞こうとしたが、彼らはこちら側の騎兵が掲げる

『一角犀《リノケイア》』の旗をみたとたん、きびすを返して一目散に逃げ去ってしまう。

「ギスコが戻ってきたとでも思ったのでしょうか」

「まさか。すでにこのあたりでも、白肌の弓巫女と魔弾の神子様《デウリア》のことは有名でしょう」

リムの疑問を、ガーラは笑って否定した。まったく、この国では情報の伝播が早すぎる。

「でしたら、なぜ逃げるのでしょうか」

「少しでも情報を与えたくない、と考えたのではありませんか」

ふたりの会話を聞きながら、ティグルは考える。昨夕、放った偵察の騎馬も小部族の警戒線を突破できなかったという話だ。情報を与えたくないのではないか、というガーラの推測は的を射ているように思える。

ようは時間稼ぎだ。問題は、稼いだ時間で小部族がなにをしようとしているか、であるが……。

「今日、明日には大宿営地を襲撃するということか」

ティグルは呟く。その言葉を聞きとがめたリムが「ならばなおさら、彼らは交渉でもなんでも理由をつけて我々の足を止め、嘘をついてでも時間を稼ぐべきだったのでは？」と疑念を呈《てい》する。

ガーラは首を横に振った。

「弓巫女に虚言《きょげん》を弄し神の怒りに触れることを恐れたのでしょう。小部族が我々七部族を恐れるのは、その部族としての大きさだけではありません。北大陸からいらっしゃったおふたりはこのあたりの感覚に疎《うと》いと思われますが、我々にとって、矢を宿す弓巫女には、神の代弁者という立場もあるのです。我が弟の為した蛮行《ばんこう》がいかに神を愚弄《ぐろう》する行いか、それを止められなかった我々の侏儒《しゅじゅ》がいかほど愚かなものか、まったく恥じ入るばかりです」

そういえば、弓巫女は戦姫と同じような存在という話であったか。

ならば偵察の騎兵が逃げたのも納得がいくというものだろう。いずれにせよ、ティグルたちの接近は小部族の知るところとなった。

「奴らは、こちらに妨害の部隊を出すだろうか」

「出すとしても、同盟内で意見を統一するために時間がかかります。最速でも明日となりましょう」

ガーラの見立てによれば、少なくとも今日一日は、この部隊に対する襲撃などないだろうとのことであった。小部族同士でも普段は仲のいい部族、険悪な関係の部族と、複雑な利害関係が存在する。意見をまとめるのは簡単ではない。典型的な連合軍の欠点だ。

「なら、ぐだぐだ考えるよりも対応される前に距離を詰めて、あとは流れでいこう」

「場当たり的ですが、今はそれが最上でしょうね」

たった四百騎余り、されど弓巫女と魔弾の神子《デウリア》が率いる精鋭である。これから『一角犀《リノケイア》』の大宿営地を襲おうとする同盟軍からすれば、さぞや厄介な存在に思えるだろう。

「夜を徹して馬を走らせ、大宿営地にたどり着くことを優先する。脱落した者は、あとでまとまって来てくれ」

ティグルは決断した。最悪の場合、ひどく疲弊した状態で戦場の真っ只中に突入することになるが、それでも間に合わないよりはマシである。幸いにして、ティグルの言葉に異を唱える者はいなかった。むしろ、戦士たちは気分を高揚させている。

ことに『一角犀《リノケイア》』の者たちの中には、「我らの家族を守るため、白肌の魔弾《デウ》の神子《リア》様が奮起してくださっている」と涙を流している者すらいた。

「無理はするな。馬は適宜、乗り換えろ。大宿営地にたどり着けば、替え馬はいくらでも補充できる」

あまり士気ばかり高くても空まわりして消耗する。ティグルは経験から、そう知っていた。

かくして、翌日の日の出前。

二百五十騎ほどに減ったティグルたちの先遣隊は、夜陰に紛れ、『一角犀《リノケイア》』の大宿営地を見下ろす丘の上にたどり着いていた。

†

丘から見下ろす大宿営地は、夜明け前だというのに騒がしかった。宿営地の周囲には丸太の柵が巡らされ、その内側のあちこちでかがり火が焚かれている。火のそばには見張りの者たちが、緊張した面持ちで立っていた。

柵の外側、百アルシン（約百メートル）ほど離れたあたりで、他部族のものとおぼしき弓騎兵がうろうろしていた。

まだ周囲は薄暗く、明かりも手にしていないため、かがり火のそばの見張りたちは弓騎兵の様子がよくわからないらしい。大宿営地の見張りたちは、ちょっとした物音にもびくびくしていた。

小部族同盟の本隊は、大宿営地を遠巻きに取り囲んでいる。その数、およそ三千と少し。夜明けと共に襲撃をかけるのは誰の目にも明らかであった。

ティグルたちの丘に近づく馬があった。部下の騎兵の間に緊張が走るも、彼らはすぐ警戒を解いた。

「マゴー老！　マゴー老だ！」

馬の背で、妖精の友人と呼ばれる老人が手を振っていた。

「マゴーは再会を喜ぶよ。間に合ってよかった」

聞けば、マゴー老は昨日の夜、包囲網を突破して『一角犀《リノケイア》』の大宿営地にたどり着いたとのことである。そこで援軍の接近を告げた彼は、『一角犀《リノケイア》』の本隊から大歓迎を受けた。

大宿営地の状況は、それほど深刻だったのだ。

部族はギスコという魔弾《デウ》の神子《リア》と弓巫女を失ったとたん、小部族からの嫌がらせが始まった。小部族同盟は『一角犀《リノケイア》』の小規模な宿営地を襲い、馬や羊、牛を略奪しながら人々を大宿営地に追い込んでいったという。

大宿営地に残っていた戦士たちが力を合わせて小部族同盟に戦いを挑んだが、無残に敗北、さんざんに討ちとられてしまった。

今、大宿営地で守りについている戦士は、およそ千五百人。それも大半が手負いである。

小部族同盟の総攻撃があれば、大宿営地は一日と保《も》たないと誰もが理解していた。そんな状況で、マゴー老は新たな弓巫女と魔弾《デウ》の神子《リア》が助けに来ると伝えたのである。

大宿営地は活力をとり戻し、奮起するべく最後の力を絞りだそうとしていた。

「なんとか間に合ったわけだな。ありがとう、休んでいてくれ」

「マゴーは森で休むよ。あとのことは若者に任せたよ」

馬で近くの森に入っていくマゴー老を一同が見送る。彼のことだ、安全な場所を適切にみつけ出し、休息することができるのだろうと誰もが疑っていなかった。まるで彼自身が妖精のようであるなとティグルは思う。

——そういえば、猫との約束もあったな。

この事態を解決したあと、適切な場所に赴く必要があるだろう。ティグルは妖精についてのあれこれを頭のなかから追い出した。

†

朝日が昇り、草原に光が溢れる。

朝露にまみれた野の草が頭を垂れ、涼しく強い風が吹き抜ける。

小部族同盟は一斉に動いた。あらかじめ、朝日を合図としていたのだろう。弓騎兵たちが、ゆっくりと前進する。大宿営地に対する包囲の輪を狭めていく。

大宿営地から出撃する騎馬はいない。マゴー老によれば、ティグルたちの先遣隊が到着するまでは籠城の構えであるという。数でも劣り負傷者も多い彼らが打って出るのは無謀というものであった。援軍のあてがある以上、時間は彼らの味方という理由もある。

定住せず宿営地を移動させながら暮らすのが彼ら部族民である。大宿営地といえど、その防備は頼りないばかりだ。

丸太を組み合わせてつくられた柵はいかにも急ごしらえで、北大陸でさまざまな陣地をみてきたティグルの目からみれば、ひどく脆いものであった。騎馬の突撃を防ぐ役には立つだろうが、歩兵と組み合わせた戦術を用いれば容易にこの障害を排除することができるだろう。

そうなれば騎兵がなだれ込み、宿営地の内側は好き放題にされる。

とはいえ今回の場合、敵となっているのも騎馬が主体の部族たちばかりだった。この程度の柵であっても、騎兵に対する効果は絶大なのであるが……。

例外が、ある。

象だ。

大地が揺れる。戦象の群れが、地響きを立てて、大宿営地を囲む柵の一角に向かって突進していた。その数、二十頭以上。象の背には木製で天蓋つきの椅子がくくりつけられて、そこに兵士がふたりずつ乗り、その動きを制御していた。

戦象は巨大な耳から頭部を覆うように、黒光りする鉄の兜を着用している。あれでは弓矢もろくに通らないだろう。

敵部族が用いているのは島象で大陸象よりはいくぶん小柄ながらも、人の背丈の倍以上はあろうかという巨体を前にしては、丸太の柵など鎧袖一触であろうこと疑いない。

突進する戦象部隊に対して、大宿営地から放たれた矢が雨のように降り注ぐ。だがその矢の大半は前面の鉄板に跳ね返され、その身には傷ひとつなかった。

矢は戦象に乗る兵士たちにも襲ってくるが、その多くは椅子に備えつけられた天蓋によって阻まれ、ごく一部だけが内部の兵士に突き刺さった。

その運の悪い兵士は苦悶の呻《うめ》きをあげて戦象の背から転がり落ち、立ち上る土煙に消える。

だが戦象の背にはそれぞれふたりの兵士が乗っていた。もう片方が戦象を巧みに操り、突進を続けさせる。

　頼みの矢もきかない、突進を止める術もない。大宿営地の誰もが絶望したであろうそのとき、ティグルは動いた。

「突撃！」

　号令一下、彼を先頭にした二百五十騎の先遣隊が、一斉に丘を駆け下りたのである。

　ティグルは馬で駆けながら、弓に矢をつがえ、弓弦を引き絞って放つ。矢は放物線を描いて飛び、先頭を走る戦象の鉄兜の隙間から片目を正確に射貫《いぬ》いた。

　戦象は突然の苦痛に慌て、とっさに脚を止めると、鼻を高く持ち上げて高い声で鳴いた。その身を左右に激しく振る。

　周囲の戦象たちが、浮き足立った。暴れ出した同胞がその身を振りまわしたことで激しく衝突し、ある戦象は横倒しとなって他の戦象の蹄に踏みつけられた。

　ある戦象は進路をそれて横の戦象の走路上に割り込み、そこでもまた衝突を起こす。上の兵士が懸命に戦象を操り、何頭かは連鎖的な衝突から逃れたものの、大半の戦象は突進の勢いを止められず、互いにぶつかり合い、進路を違え、また転倒する。

　巻き込まれた操手たちはたまったものではない。その多くが戦象の背から振り落とされ、無残にその蹄に踏み潰されてしまう。

「これほどとは……」

もっとも驚いているのは、矢を射たティグルであった。せめて突進の邪魔をできないかとの一心であったのだ。戦象の集団が密集していたのも、被害が拡大した一因だろう。

おそらく戦象の操手たちは、自分たちの戦象が手傷を受けることなど微塵《みじん》も想定していなかったに違いない。

無理もなかった。これまでは、戦象が集団で突進すればたいていの敵を蹂躙《じゅうりん》できたのだ。戦場で思うがままに振る舞い、敵なしと謳《うた》われていたのであろう。

さすがに『一角犀《リノケイア》』の矢を受けては無傷ではいられまいが、逆にいえば敵に弓巫女と魔弾の神子《デウリア》が不在の今をおいて、『一角犀《リノケイア》』部族を滅ぼす機会はないと考えた。

これはまさに千載一遇の好機と、そう捉《とら》えていたのではないだろうか。

結果的に、ティグルが夜を徹して馬を駆けさせたことでその好機は潰された。

半分ほどに減った戦象たちが、それでも大宿営地を囲む柵を目指す。勢いがついていなくても、その巨体で強引に柵を潰せば後続の助けとなろう。

させるわけにはいかない。

ティグルは馬で距離を詰めながら、さらに数本、矢を放つ。ティグルの放った矢はいずれも戦象の目や口のなかといった急所に突き刺さった。戦象たちは苦痛でおおいに暴れ、操手を振り落とすと見当違いの方向へ駆けていく。

「象はその巨体に似合わず、臆病《おくびょう》な生き物と聞いたことがあります」

ガーラがティグルの馬に寄せて、そう告げる。

「ですが、そもそも象を怯えさせるという行為が、非常に難しい。あなたはそれを、かくも他愛なくやってのけた。弓巫女様の矢もなしで。あなたのような方こそ、真の魔弾の神子《デウリア》と呼ぶべきなのでしょう」

「この結果は、運がよかっただけだ。竜であれば目ですら矢が突き立たない。そうなれば、もう弓巫女の矢を使うしかないと思っていた」

「竜、ですか。『天鷲《アクイラ》』の者に聞きましたが、竜殺しの異名は本当だったのですね」

そういえば、『一角犀《リノケイア》』部族の戦士には、竜殺しとは呼ばれていなかったなと考える。この数日で両部族の戦士たちは共に行動し、そこでいくらかの交流が発生したのだろう。当初のもくろみ通りといえた。

まさかティグルについて会話し、盛り上がっていたとは思わなかったが……。

「魔弾の神子《デウリア》様の武勇伝、お聞きしたいものですな」

「あとでな」

「必ずですよ。楽しみだ」

今は戦場、しかも夜を徹して馬を駆けさせ、疲労の極みにいるはずなのに、なんとも呑気《のんき》なものだ。ガーラは後ろを向くと、声を張り上げる。

「我らの魔弾の神子《デウリア》様が、祝宴の席で己の武勇伝を語ってくれるそうだ。この戦い、必ず生き残ってみせようぞ！」

戦士たちが一斉に沸いた。ティグルは苦笑いする。ひとの発言を勝手にふくらませないで欲しい。リムが隣にやってきた。

「なかなか、したたかな方です」

「俺なんかをいじって、士気があがるなら好きにしてくれ」

「呑気なことを言っていると、とんでもない詩ができてしまいますよ。アスヴァールでも、だいぶ誇張した物語ができあがっていると聞きます」

まったく勘弁して欲しい。

だが、まあ、肩の力は抜けた。ティグルはさらに二本、たて続けに矢をつがえ、放つ。この二本の矢は、まだ健在だった戦象に乗るふたりの操手の額をほぼ同時に射貫いた。戦象は操る者を失い、突進を止めたあと、高く鳴いてのっそりと進路を外れていく。

すべての戦象が大宿営地を囲む柵までたどり着けず、倒れるか戦場を離脱した。

「象の部隊をこれほど見事に対処するとは……。しかしこれは、魔弾《デウリア》の神子様にしかできない方法ですな。みてください、敵の主力が浮き足立っています。大宿営地から生き残りが出撃するようです」

「彼らと合流して、敵を叩く。ガーラ、仲介を頼む」

大宿営地から五百ほどの馬が飛び出す。そのなかから、ひとりの壮年の戦士がティグルたちのもとへ馬を寄せてきた。他の者よりかなり馬の扱いが上手いなと思う。おそらくこの大宿営地を任されていた者だろう。

実際、そうだった。

彼と挨拶を交わし、指揮権について確認する。先方は大宿営地の全戦力をティグルとリムに預ける、好きに使って欲しいと迷いなく告げた。

「こんなときだが、なにも確認しなくて本当にいいのか」

「魔弾の神子《デウリア》様、あなたがさきほどみせた弓の腕、大宿営地の誰もがみておりました。あなたが魔弾の神子《デウリア》様として我々を導いてくださるなら、これほどの喜びはありません」

そういえば、『一角犀《リノケイア》』では特に力に対する信頼が強いのであったか。そんな素地があったからこそ、ギスコが好き放題にやっていた。一方で、力への信頼が故、ティグルをこうしてあっという間に認めている。

白肌であることも、特に問題とならないようだ。『天鷲《アクイラ》』では、エリッサの知己《ちき》であるという前提があっても、受け入れられるまでに多少の段階を経る必要があったというのに。

「敵は大宿営地を包囲している。部族ごとに分かれて、広く拡散しているということだ」

ティグルたち先遣隊は大宿営地の五百騎を吸収し、そのまま駆ける。目指す先にあるのは、丘からみえたなかでも、もっとも騎馬の数が多い陣だ。

「あの小部族が、同盟の中心じゃないのか」

「はい、『森鼠《サラート》』部族は小部族のなかでも規模が大きく、以前から『一角犀《リノケイア》』と確執があった部族です。今回も、もっとも多くの兵を出している部族でしょう」

「あれを叩いて、士気をくじく」

「かしこまりました。魔弾の神子《デウリア》様はお下がりを。我らにも活躍の機会を頂きたい」

そう言われては、ティグルとしても馬を下げざるを得ない。リムと共に馬の列の後方に移る。

一方、七百騎以上の弓騎兵が近づいてくることに気づいた『森鼠《サラート》』部族は、騎乗した戦士たちがばらばらに動き、隊列もなにもなかった。

ある者は前に出ようとし、ある者は下がろうと馬首を返している。さっさと混乱する同胞から離れ、戦場から消えていく者もいる。

「あれはなにをしているんだ」

「おそらく、指揮官がまっさきに逃げたのです」

リムがうんざりした様子で言った。

「ティグル、あなたは本当に士気の低い敵と戦った経験が少ないですからね。たまに、いるのです。偉そうなことを言いながら、いざ思い通りにならないと、まっさきに背を向けて逃走するような指揮官が、この世にはあなたが思う以上に存在するのですよ」

「なるほど、そういうことなら問題はないな」

「ええ、こちらにとっては都合がいいことです」

罠ではないかと、一瞬、警戒してしまったのだ。

先遣隊と大宿営地の戦士を合わせた弓騎兵部隊は、混乱する『森鼠《サラート》』部族の部隊から少し離れたところで曲線を描いて進路をそれ、横に弓を構えて一斉に射る。矢は『森鼠《サラート》』部族の弓騎兵のもとへ雨のように降り注いだ。

怒号と悲鳴、断末魔の声が戦場に響きわたる。

遅まきながら部隊全体で逃げようと意思統一がなされたようで、しかし号令もないままてんでばらばらの方向へ馬の首を巡らせ、駆け出す。そういう相手こそ、弓騎兵のいい的だ。『森鼠《サラート》』の戦士は、騎射によって次々と討ちとられていった。

他の部族が助けに来るのかとティグルは戦場を見渡す。

しかし、大宿営地を取り囲み、今しもこれを蹂躙しようとしていたはずの小部族同盟の者たちの動きはひどく鈍《にぶ》かった。

ようやく一部が前進したかと思うと、立ち往生してしまう。先鞭《せんべん》をつけるはずの戦象部隊が壊滅し、同盟の首魁《しゅかい》が思わぬ反撃を受けたことで、次にどう動けばいいのかわからなくなってしまったのだろうか。

リムが言う。

「いい気味だ、とでも思っているのかもしれませんね」

「同盟軍がやられているのに、か？」

「『一角犀《リノケイア》』部族憎しで団結して、部族の弱体化を知り、今こそ略奪の好機と欲望を膨らませていたのでしょう。ですが今、彼らの目に映っているのは、先陣を蹴散《けち》らし同盟の首魁をこてんぱんに叩きのめしている、過日の強大な『一角犀《リノケイア》』部族です。『一角犀《リノケイア》』に対する恨みもあるでしょうが、近隣部族同士でもまた恨みつらみを募らせていたのでしょう」

ライトメリッツでさまざまな村同士の調停をしていたから、ティグルにはリムの言うことが少しは理解できた。とはいえ……。

「戦場でそんな呑気なことを考えている場合だろうか」

「そこまで頭が働かないからこそ、今、ああして中途半端な動きをしているということです。そもそも彼らは、ここまで大規模な作戦に加わった経験もないでしょう。普段は数騎から数十騎で活動するのがせいぜいのはず。この戦場の空気に飲まれてしまっても不思議ではありませんよ」

それは助かることだ。たしかに今は上手くいっているが、もともと薄氷を渡るような戦いである。ティグルたち夜を徹して駆けて来た者たちの疲労は濃いし、馬も限界が近い。大宿営地から出てきた部隊も、無傷の者は数えるほどだった。

そもそも数においては、現段階でも敵軍の方が圧倒的だ。彼らが協力し、ティグルたちを殲滅《せんめつ》しにかかれば、一方的になぶり殺しにされるだろう。

だが、どうやらそういうことにはならないようだった。統率のない大軍など烏合の衆も同然、それが戦場での立ちまわりこそ命である弓騎兵なら、なおさらのことであった。

ティグルたちは『森鼠《サラート》』を殲滅したあと、次の部族に襲いかかる。数は、およそ二百騎。他と合流すれば厄介な相手であったが……。

彼らはティグルたちが近づくと、一矢報いる気概もなく算を乱して逃げ始めた。

「無理に追うな！　大宿営地から追い払うだけでいい！」

この場から逃げ出した小部族同盟が準備を整え反撃してくるとしても、それは一日、二日では難しいだろう。

時間はティグルたちの味方だ。本隊が来るまで持ちこたえれば、戦力で逆転できる。『一角犀《リノケイア》』と『天鷲《アクイラ》』が同盟したとなれば、もはやいかなる小部族も手出しはできなくなるだろう。

いくつかの部族が徒党を組んで、果敢にも挑んできた。ティグルはその先頭に立つ者たちを、次々と射る。斬首戦術によって指揮官を失った徒党は、ガーラの号令による一斉射で、またたく間に蹴散らされた。

太陽が完全に姿を現すころには、大勢が決していた。

小部族同盟は壊滅し、大宿営地の防衛は為されたのである。

大宿営地の柵の外に、若い女たちが出てきた。ティグルが馬を下りると、たちまち彼女たちにとり囲まれる。

「新しい魔弾の神子様《デウリア》！　白肌の魔弾の神子様《デウリア》！　我々を救ってくださり、ありがとうございます！」

女のひとりが馬の世話をすると言って手綱を奪う。油断しているうちに空いた手を掴まれ、引っ張られた。

「まずはあちらの天幕でお休みください」

「ちょ、ちょっと待ってくれ。俺は……」

ティグルは助けを求めて、近くでまだ騎乗したままのリムをみあげた。リムは、ぷいとそっぽを向いてしまう。

「どうぞ、魔弾の神子《デウリア》としての義務を果たしてください」

†

戦の後始末もそこそこに、ティグルは天幕のひとつを借りて仮眠をとった。新しい魔弾の神子《デウリア》に対してとり入ろうと詰めかけた男女をガーラが追い払い、あとの面倒をまとめて引き受けてくれたのである。リムは、弓巫女として長老たちと話をするとのことであった。

起きると夕方だった。天幕の外に待機していた戦士に話を聞き、戦のあとの面倒ごとはおおむね片づいたことを知る。先遣隊のうち途中で脱落した者たちも、全員がまとまって大宿営地に辿り着いたとのことであった。そこは非常に心配していたことなので、胸を撫でおろす。

「ところで、マゴー老は？」

「そういえば、姿をみておりません。マゴー老は今回の功労者です。宴でもてはやされるのを嫌がって森から出てこないのかもしれませんね」

ティグルは苦笑いした。『一角犀《リノケイア》』でもあの老人の偏屈《へんくつ》さは伝わっているのか。

「マゴー老はおっしゃっていました。森のなかには友がたくさんいる、と」

「だとしても、俺だって彼に礼をいいたい。捜してくるよ」

ティグルは馬を用意させ、心配して護衛をつけようとする者たちを排《はい》して、ひとりで大宿営地を出た。マゴー老を捜しに行くといえば、皆が「魔弾《デウリア》の神子様がそうおっしゃるなら」ということになったのである。

「ただし、必ず陽が落ちる前にお戻りください。この島の森は、大陸の森とは危険の質が違います。マゴー老でもない者が夜の森で無事にいられるはずもありません」

そう言われれば、心する必要があった。

マゴー老が入っていった森は、大宿営地から三ベルスタ（約三キロメートル）ほど離れた北部に広がっている。彼が乗っていた馬は、森の入り口の近くでのんびりと草を食んでいた。

ティグルは近くに寄って、自分も馬を下りる。

「このあたりでおとなしくしていてくれ」

馬にそう告げれば、心得たとばかりに低く鳴く。ティグルの馬は、マゴー老の乗っていた馬のそばに歩いていった。ふたりで仲良く草を食みはじめる。

その光景を微笑ましく眺めたあと、ティグルは森を仰《あお》ぎみた。鬱蒼と茂った草木によって、道らしい道はひとつもない。ティグルはよく観察し、ひとの背の高さほどの枝が一本、折れている場所を発見した。マゴー老が目印として折ったのだろう。

そこから、森に分け入る。

足音を殺して少し歩くと、眩暈《めまい》を覚えた。立ち止まり、周囲を見渡す。薄暗い森のなか、自分がどこから来たのか、どの方角が北なのかわからなくなった。混乱する頭を振って、黒弓を握る。少しだけ気持ちが落ち着いた。

じっと周囲をみつめる。

太い木が割れて股になっている部分に、人らしきものがいることに気づいた。マゴー老だ。老人は、その身が緑の蔦《つた》に覆われた状態で、まるで死んだように眠っていた。

ティグルはゆっくりとマゴー老の眠る木に近づく。

あと十歩ほどの距離で、老人が目を醒ました。ティグルの方をみる。マゴー老が動いたことで、彼の全身が蔦に覆われているだけでなく、蔦の一部が胸や腕のなかに埋もれ同化していることに気づいた。

「みたな」

「マゴー老、あなたは……」

「おまえは、マゴーを恐れないのか」

マゴー老が、悲しそうに顔を歪める。ティグルは少し迷ったすえ、首を横に振った。

「その姿は、妖精と親しくなったから、なのか？」

「そうだ」

「あなたの幸せを、俺はあれこれ言う立場にない」

「ああ、マゴーはこれでいい。だがおまえは、マゴーのようになってはいけない。すぐに森から出ていけ。朝になったら、マゴーは戻る」

ティグルは言われた通り、マゴー老から背を向けた。不思議と、今は森の出口の方角がわかった。森の外に出ると、夕日が西の果てに沈むところだった。

ティグルは馬で大宿営地に戻った。

森でみたことは、誰にも告げなかった。

†

そこから両部族の合流まで、ことは円滑に進んだ。

互いに、もはや闘争を続けられないほど弱りきっていた。そのことを皆が自覚したのが大きい。小部族にいいように狩られるよりは、と過去の怨讐を投げ捨てて同盟に賛成する者が増えたのである。

それほどに、『一角犀《リノケイア》』の大宿営地の惨状は、短期間でさんざんに打ちのめされた無残さは、『天鷲《アクイラ》』の人々の目に現実を突きつけたのであった。

明日を生きるには、力が必要だった。それがこの地の騎馬民族における絶対の法則なのだ。皆がそのことを思い出していた。

そうしてみた場合、ティグルヴルムド＝ヴォルンという魔弾《デウ》の神子《リア》と、彼と親しいふたりの弓巫女の存在は部族の人々にとって福音だった。彼らがいる限り、自分たちはなんとかなると、そう思えたのだろう。ティグルとリムが白肌の渡来人であることは、この際、些細な問題にすぎなかった。

もっとも、前途は多難である。抗争に次ぐ抗争で戦力を削りとられた結果、弓騎兵の数は両部族合わせてようやく他の七部族と互角程度である。そのうち半数ほどが負傷し、回復までには今しばらく時間がかかると思われた。今、他の有力な部族から攻撃を受けては守ることも難しい。最悪、また大陸側に逃げ延びることも考慮せざるを得なかった。

立て直す時が欲しかった。

そんなとき、都合のいい話が舞い込んできた。

一通の書簡である。

カル＝ハダシュトには本来、双王がいて、王が住む都がある。

王都の名は、国名と同じカル＝ハダシュト。

二十万人の商家を抱える、この島でも最大の大都市である。

そのカル＝ハダシュトの都で、七部族会議を行いたい。書簡には、そうあった。

差出人は、七部族のひとつ『赤獅子《ルベリア》』の弓巫女である。書簡によれば、すでに他の二部族の同意をとっているという。

会議の議題は、双王の決定の仕組みについて。

出席しないわけにはいかない。

†

カル＝ハダシュトの都は豪華絢爛《ごうかけんらん》で知られている。毎日が祭りで、夜も市街に煌々《こうこう》と明かりが灯り、街角で吟遊詩人が歌う。人々は踊りながら街路を練り歩き、頭上では妖精たちが輝き踊る。

ティグルは北大陸の港町で、そんな噂話を聞いていた。

もちろん、大部分は嘘と誇張だ。

実際のところ祭りの期間はたったの年間の三分の一くらいだし、夜を通して明かりが灯されるのは特別な祭りのときだけだ。吟遊詩人の数は多いが、それは都の人口に比して一時居留者の割合が大きく、酒場の数もそれに比例しているだけである。妖精が都市に出没するわけもなく、旅人が無数の蛍が舞う様子を見間違えただけだろう。

真実なのは、堅牢《けんろう》な街壁に囲まれたこの都がたいへんに大きく、それに比例して住む民も多いという事実であった。聞くところによると、街壁の内部に定住する商家の者だけでも二十万を数えるという。奴隷や一時居留者を合わせると、その数は五倍に膨れ上がる。街壁の外に暮らす者も多いが、それらの大半は街の税金が払えない下層民であるという。

本来、都の支配者は双王であるが、現在は空位で、双王を補佐する商家の百人会議がこれの代替組織として都の管理にあたっていた。

ジスタートの七公国と違い、これは完全に商家が人員を送り込んで運営する組織である。その活動の大半は、交易で巨大な利益をあげるこの地の商家の権益を七部族から守ることに割かれている。

現実には、それは七部族に商業的な利益の一部を供与することで成し遂げられていた。

それでも、双王不在の期間が長引けば、不埒な考えを抱く者も出てくる。

七部族会議がこのカル＝ハダシュトの都で行われるのは、商家のそういった動きに対する牽制であろう、というのがエリッサの考えであった。

「失礼しちゃいますよね。商人が血眼になって集めた財貨の半分近くを、騎馬の民が我が物顔で奪っていくんです。彼らの武力がこの地の安全を保障しているとはいえ、いくらなんでも強欲すぎます」

四頭立ての幌馬車が広い街路を進む。馬車の布の隙間から大理石の建物が並ぶ街並みを眺めながら、弓巫女ディドーと呼ばれる少女はぷんぷん怒っていた。どうやら自分が搾取する側にまわっていることを失念しているようだ。

「商家だって、独自の武力を持っているんです。でもその大半は、海軍です。彼らの交易は主に船で行われますから、海軍の整備こそが重要なんですね。とても陸にまで手がまわらない。だからこそ、七部族も商家と共存できるというわけです」

「お互いの生き方が完全に違うのに、ひとつの国にまとまることができるんだな」

「そこは建国の物語が故ですね。この地を守る七本の矢。それがある限り、この国はひとつにまとまっていられます」

その矢は物語の中だけではなく、現実に存在する。

そして、とティグルは幌馬車のなかを見まわす。ティグルの隣に座るリムが彼の方を向いた。

「どうしましたか」

「今更だが、ここに矢を持つ者がふたりもいるんだな」

矢は現実に存在し、七部族は相争うことで、矢の有用性をみせつけている。双王となる者も、その片方たる弓巫女は身体に矢を宿す者だ。信仰の象徴そのものが、力と共に権威として商家の上に座る。

国をかたちづくる仕組みとしては納得がいくものだ。

とはいえ、それは七部族が常に高めあうという前提に基づいている。七部族同士が争い、多くの血が流れるのが日常であることも。この地においては闘争こそが平常であった。

ティグルの目に、それはひどく不安定に思えるのだ。

このような仕組みが成立する意味について、どうしても考えてしまう。


ティグルたちを乗せた幌馬車は、高い壁に囲まれた広い庭つきの屋敷に辿り着いた。七部族にはそれぞれ専用の邸宅が用意されていて、これはそのうちのひとつ、『天鷲《アクイラ》』の屋敷であるという。

使用人とおぼしき男女三十人ほどが、庭の中ほどで待っていた。先乗りしていたナラウアスと護衛数名の姿もみえる。幌馬車が使用人たちの前で止まった。

ティグルとリム、エリッサの三人が幌馬車から降りた。

使用人たちがこの地の言葉で挨拶を述べる。彼らはこの屋敷を維持管理してきた商家の手の者であった。七部族と商家を繋ぐ役割も果たす。やりようによっては大きな権力を持ち得る立場であったが、彼らはそれ以上に、厚い信仰でもってこの役割に邁進していた。

七本の矢に対する信仰である。この地におわす『名の失われた神』に対して献身する彼らは弓巫女を神の化身として崇めているのであると、ティグルたちは聞いていた。この屋敷の片隅には矢を祀る神殿があるという。部族の者たちは神に祈るとき、天を仰ぐだけなのだが、この都では少し信仰の形態が違うようである。

実際に彼らは、リムとエリッサを前にして、這いつくばらんばかりに腰を曲げ、彼女たちに奉仕することができることに深い感謝の言葉を捧げたのであった。

「つまらないことと思いますが、聞かせてください。私が白肌の女であること、あなたがたは気にならないのですか」

「矢が貴方様をお選びになったことは、特別な心づもりがあられたのでございましょう。我らごときがそれを慮《おもんぱか》ることじたい、不敬でございます」

矢が選んだのだから自分たちはそれに従うまでだ、ということらしい。

ひとまず屋敷に入り、ナラウアスも含めた四人だけで、立ち聞きされる懸念を排した壁の厚い小部屋に入った。外に護衛を立たせた上で、まずこの都の事情を聞く。

「先乗りした我々は、この数日で都の情報を集めて参りました。我々を除く五部族のうち、すでに四部族が到着している模様です」

ナラウアスが言う。七部族の屋敷はそれぞれが遠く離れた場所に建てられ、万が一にも七部族同士の者が接触して問題を起こさないよう配慮されていた。

慣例では、弓巫女と魔弾の神子《デウリア》は屋敷からなるべく外に出ない。

会議のときまで屋敷で過ごし、必要な連絡や買い出しなどは使用人たちに任せるのだという話だった。護衛の問題もあるが、そもそも騎馬の民と呼ばれる彼らにとって、この都市はひどく不自由な環境なのである。

満足に騎乗することもできない。野を駆けまわるなどもってのほかである。

――なら、この都で暮らさなきゃいけない双王になることは、弓巫女や魔弾の神子《デウリア》にとってあまり嬉しくないことではないのか。

ティグルはそんなことを思いナラウアスに訊ねてみることにする。

彼の返事は簡潔《かんけつ》だった。

「それでも部族の利益を考える者が双王に名乗りを上げるのです」

なるほど、部族への献身か。

「ここ数度の双王の決定が話し合いで決着したのも、名乗りを上げる者が少なかったからなのですよ」

納得がいった。歳月を経るごとに、七部族と商家の溝は広がっていったのではないか。双王はその両者を繋ぐ者として、次第に割に合わない役割へと変化していった。

今回、双王が亡くなったときも、また誰かが割に合わない役割を果たさなければならないと各部族の弓巫女と魔弾の神子《デウリア》が重い腰を上げて会議に赴くことになるはずだった。だが、そうはならなかった。ギスコという野心家は怠惰を許さず、この地に覇を唱えるべく雄たけびをあげた。

他部族の算段は狂った。この大地の時は何世代も前に戻った。

――今回の会議は、その流れをもとに戻そうという働きかけか。

ギスコに触発されて、他の部族も互いに争い始めた。その悪い流れを、ギスコが死んだことで止める。今しかない、絶好のタイミングであった。

会議を招集した『赤獅子《ルベリア》』の弓巫女は、時節を読める者なのだろう。その思惑も含めて警戒する必要がある。

リムアリーシャが口を開いた。

「馬車でここまで来るとき、北大陸の者の姿を何度もみかけました」

「都の祭りは稼ぎどきです。多くの財貨が右から左に動くこのとき、多くの者がこの地に集まり、それは北大陸の者も例外ではありません」

ナラウアスはリムに説明する。エリッサが補足を入れた。

「実際のところ、この地の人たちが言う北大陸の者、とはそのほとんどがアスヴァールの大陸側南部に住む人たちなんですけどね。なのでこの都では、アスヴァール語がけっこう通じたりします。商家の人なら、なおさらです」

なおエリッサは、そう語っている間もナラウアスから受けとった羊皮紙《ようひし》の束を舐めるように読みとっている。信頼できる商家に頼み、あちこちから集めた情報をまとめたもので、草原でも定期的に届けさせていたのだという。

今回はそれを、この屋敷に持って来させたというわけだ。

「面白いことでも書いてありましたか、エリッサ」

「はい、先生。情報は、それがなんであっても面白いものです。たとえば以前の双王についての話ですが、特定の商家と深い繋がりがあったそうです。この商家は、現在、『砂蠍《アルピラ》』と関係を深めているようですね」

「先代の双王は『剣歯虎《サベイリ》』の弓巫女と魔弾《デゥリア》の神子だったはずだな」

「ふたりとも流行《はや》り病《やまい》で亡くなりました。他部族からみても、たいへん優秀な方々で、他部族に対しても公平な政策をとっておりました」

ナラウアスが解説し、エリッサをみる。

「次の双王も、あのような方であって欲しい、と多くの者が願っております」

「まったくですね。私も心からそう希望しています。この報告書をまとめた商家の方とも、以前、そういう話をしておりました」

エリッサが同意を示す。たしか、彼女は双王になるつもりがないと言っていたような気がするが……。

「希望するだけならタダでしょう？　相手は、誰が双王になるか探りを入れたくて仕方がない。喜んでいろいろ取り引きを持ちかけてきましたよ。なにが交渉の天秤に乗るのか、それがわかるだけでも価値があります。なにせ相手は、こっちを馬に乗るしか能がない蛮族だと思ってますからね。相手を侮《あなど》れば、ついつい口が滑ってしまうものです」

そして彼女は蛮族の皮を被った生粋の商人だった。ものの見方としては、どちらかというと商家の方が近い。彼らの考えも読みやすいだろう。

無論、それは精度の高い情報を握っているという前提があってのことである。彼女もそれをよく承知しているから、こうして情報収集に熱心となるのだ。自分の武器を隠したうえで、その武器を存分に振るって戦おうとしている。

「他の部族についての情報も色々と。でも、双王の部族だった『剣歯虎《サベイリ》』の新しい体制についてはいまひとつですね。弓巫女と魔弾《デウリア》の神子がついた、ということしかわかっていないみたいです。あと、赤獅子の魔弾《デウリア》の神子についても情報が隠蔽されています」

エリッサは、かわいらしい唸り声をあげる。

「どういうことでしょうね。揃って新任の『剣歯虎《サベイリ》』はともかく、今回の会議を主催したのは、『赤獅子《ルベリア》』の弓巫女です。なぜ、その相方の素性をこうも隠すんでしょうか。いまひとつ、意図がわかりません」

「『赤獅子《ルベリア》』に使者を送ってみるのはどうですか」

リムが助言した。エリッサは「そうですね」とナラウアスをみる。

「ナラウアス、作法、人選、助言をお願いします」

「かしこまりました、弓巫女様」

ナラウアスも心得たもので、他の七部族屋敷に使者を送る場合の習わしについて説明したあと、使者には自分が行くと告げる。

「使者には相応の格が必要です。戦士長の自分であればそれが相応しいでしょう」

「では、頼みます。あくまで挨拶と会議での議題、段取りについて確認するだけで結構ですので、けっして無茶はしないでくださいね。もし挑発されても、乗らなくていいです。私には、まだまだあなたが必要なのですから」

ナラウアスは深く頭を下げた。


結論から言えば、『赤獅子《ルベリア》』の屋敷に赴いたナラウアスは弓巫女にも魔弾の神子《デウリア》にも会えず、代理の者と顔を合わせるに留まった。多忙により不在であると言われたようだ。

その場で代理の者と最低限の打ち合わせを行い、会議当日の段取りを把握することはできた。

ティグルは『天鷲《アクイラ》』と『一角犀《リノケイア》』両部族の魔弾《デウリア》の神子として、リム及びディドーを両隣に配置した席を用意するということになる。

会議には魔弾の神子《デウリア》と弓巫女しか出席できない。席が離れると会議中の相談も難しいから、この配慮には助かった。

他の部族に関する情報収集は、はかどっていない。『天鷲《アクイラ》』が一度、この島を捨てて大陸に逃走したとき、この都に敷いた情報の網もずたずたになってしまった。それの再構築に手間どっているのだ。これぱかりは仕方がないところであった。

なお『一角犀《リノケイア》』の都での情報網に関しては、ギスコが「そのような迂遠な方法など必要ない」と自ら引き上げさせてしまったとのことで、こちらも再構築に時間がかかりそうである。

カル＝ハダシュトの都は連日のお祭り騒ぎだった。

七部族会議の行く末によっては、すぐにでも双王が決定されるだろう。凄惨な部族同士の争いも、この都においては遠い場所の出来事にすぎなかった。各地からやってきた旅芸人が街角で、酒場で芸を披露しているという。

風向きによっては、管弦楽の音が屋敷にまで聞こえてくる。男女の浮かれた声や歓声も、度々聞いた。

「様子をみにいきたいですね」

と呟いたエリッサだが、慌てたナラウアスの部下たちに諫められ、屋敷から抜け出すことを断念した。ティグルも噂に名高いカル＝ハダシュトの都の見物には興味津々だったが、彼やりムは白肌だ、余計に目立つに違いなかった。

非常に残念だが、外部との連絡はナラウアスも含めた部下たちに任せるしかない。

退屈ながらも、ティグルとリムは身体がなまらないよう、屋敷の広い庭を使って鍛錬にいそしんだ。

数日が経過した。

七部族会議の日がやってきた。

第4話　七部族会議

当日は、一面の曇り空だった。会議は夕方からだが、朝から街中が浮かれ騒いでいる。なかには酔って興奮し、殴り合う者も多いという。

「いつも、こうなのか」

ティグルは年配の使用人に訊ねた。

返事は「はい。祭りともなれば、羽目を外す者は多いのです。ですがこうして憂《う》さを晴らすことこもまた儀式のひとつと、警邏《けいら》の者たちも死者が出なければ大目にみます」であった。

怪我人くらいなら日常茶飯事ということだ。

聞けばこの祭りの期間、商家《しょうか》によって街のあちこちで無料で料理と酒が振る舞われ、その対象は肌の色も貧富の差も問わぬとのことである。

「今年は特に、白肌の者が増えているそうでございます」

「俺やリムが関係しているのか？」

「昨年の秋あたりから、北大陸《ネステール》から流れつく者が増えました。大規模な戦乱が起こった様子です。魔弾の神子《デウリア》様の方がお詳しいでしょう」

たしかに詳しい。よく理解できると何度も首肯《しゅこう》してしまった。あのときの当事者なのであるから。アスヴァールの民が苦しむ様子を知ることは、アスヴァール人ではないティグルとしても忸怩《じくじ》たるものがある。

とはいえ、今の彼にできることは少ない。前例のない二部族の魔弾の神子《デウリア》として、まずは七部族会議を無事に乗り切ることを考えなければならない。

その会場となったのは、街の中央にそびえたつ、純白の議事堂であった。夕日が西の空を赤く照らすころ、平時は街を動かす百人会議の会議場として使用されているというそこに、幌《ほろ》馬車《ばしゃ》で乗りつける。

ここから先に進めるのは弓巫女《アルディア》と魔弾の神子《デウリア》だけであるとのことで、ティグルとリム、エリッサの三人はナラウアスたち護衛と別れて、茜色に照らされた大理石の階段を上り、議事堂のなかに入った。

議事堂のなかを案内するのは、商家の出身とおぼしき老いた男たちであった。髪と髭《ひげ》を剃《そ》り、純白の白い一枚布の服を一様にまとっている。そのいでたちから判断するに、神官のような立場であろう。

蝋燭《ろうそく》の灯された薄暗い回廊の入り口で、立ち止まる。

「恐れながら、刃のある武器はお預かりさせていただくか、封をさせていただきます」

案内の老人のひとりがリムの槍をみて言った。

渡す。

「弓はいいのですか」

リムは訊ねるが、案内の老人は頭を下げるのみであった。

ティグルとリムは視線を交わす。不服ではあるが、ここは規則に従うべきだろうとうなずきあった。リムは己《おのれ》の槍と腰の剣をその老人に預ける。ティグルも家名の入った短剣を別の者に渡す。

神官たちは、槍の穂先と短剣の刃に厚手の布を巻きつけ、剣の柄と鞘を紐で厳重に結びつけた。これで封印とする、ということらしい。

「鈍器《どんき》にはなるでしょうが……」

リムがこぼす。ジスタートの王宮などでは武器そのものをとりあげるのが当然の措置という話だ。しかし実際に王に会うのは戦姫だけであり、公主代理《アドワール》の彼女は隣室で待機するのが普通であるらしい。こういう扱いは初めてであるという。

もっとも、これまでの七部族会議で、その場での争いになった例はほとんどないらしい。いざとなれば案内の老人たちがその身を挺《てい》してでも止める、と請け負った。

「この身をもって議場を守ることこそ、我ら生涯の誉《ほまれ》でありますれば」

そういう信仰なのだと言われれば、他国で生まれ育ったティグルたちとしては、そうなのかと頷くしかない。この地の信仰とティグルたちの土地の観念は、あまりにも違いすぎるのである。

それでも奇妙なことに、ティグルとリム、そしてエリッサは、その奇妙な信仰の頂点に近いところに立ってしまった。

奇縁である。だからといって、敬虔な者たちに唾を吐きかけるような真似はしたくなかった。彼らにとって大切なものは、あるべきものをあるように受けとり、尊重するべきであろう。それがティグルたちにとって、寄り添うことができる限界であった。


封をされた武器を返してもらったあと、回廊を通って奥に進む。

回廊はなだらかに下へ傾斜していた。ほどなくして、ティグルたちは薄暗いドーム状の広い空間に出る。中央のくぼみには円卓があり、そこに等間隔で席が設けられていた。

ドームの端からそのくぼみまで大理石の階段が備えつけられ、階段の左右には石でつくられた無数の席が放射状に広がっている。そこかしこに設置された石柱には松明《たいまつ》が灯され、ドーム内に橙色の明かりを提供していた。

円卓の席のいくつかが埋まっている。一見して男女がひと組となっていて、なかにはフードを深くかぶった者もいた。そうでない者もゆったりとした服を着ているため、刺青《いれずみ》が確認できない。三つ並んだ席が、ティグルたちに用意された『天鷲《アクイラ》』と『一角犀《リノケイア》』のものであろう。

奇妙なことが、ひとつある。席の数がどう数えても足りないのだ。ティグルたちの席をふたつと数えて、全部で六部族分しか用意されていない。案内の老人に訊ねようと振り返ったが、彼らはすでにティグルたちから離れ、遠くで待機していた。

仕方がない、とティグルはふたりの女性の前に出て、階段を下りる。リムとエリッサもそれに続いた。会議の参加者からじかに聞けばいいだろう。

ティグルたちの足音がドームに響く。

何人かが、階段を下りてくるティグルたちをみあげた。屈強な男がいた。年をとった女がいた。ティグルは慌てることなく、彼らの視線を受け止める。

ドームの底のくぼみに辿り着く。名乗りは必要ないとあらかじめ案内の者に言い含められていたから、そのまま席に腰を下ろした。

くすり、と対面の席から笑い声が聞こえた。

そちらに視線を向けると、フードを深くかぶった人物が口の端を歪めていた。隣の弓巫女とおぼしき若い女性が慌てているから、おそらくは彼が魔弾の神子《デウリア》であろう。

問題がひとつあった。その人物の横には布に巻かれた弓が立てかけられていた。その先端部分がちらりとみえたのだが、それが見覚えのある赤黒いものであったのである。

ティグルは思わず腰を浮かせた。

「奇縁、だね」

はたして、その人物は観念したようにフードをとる。黄金色の双眸《そうぼう》が、ティグルを射貫《いぬ》いた。

ティグルの両隣でふたりの女が息を呑む。

「いろいろ語りたいことはあろうが、あとにしてくれたまえ」

かつて弓の王と名乗り、アスヴァールで戦った人物がそこにいた。

「ネリー」

今は弓巫女ディドーとなった少女が、呟《つぶや》く。弓の王と名乗った人物は彼女の方を向いて、にやりとしてみせた。

「やあ、久しぶりだね。このような果ての地で、きみと再会できるとは思わなかったよ、エリッサ」

まさか、と思った。

だが考えてみれば、彼女の弓の腕は卓越している。魔弾の神子《デウリア》として担ぎ上げられてもおかしくはなかろう。ティグルだって白肌ながら、ふたつの部族で魔弾の神子《デウリア》となったのであるから。

ただ、女でありながら魔弾の神子《デウリア》となることができるのかどうか。そもそも魔弾の神子《デウリア》に関する詳しい規則など、ティグルはまったく知らない。当然のように、全員が男性だと思っていたのである。

「安心したまえ。今、きみたちと矛を交えるつもりはない。この会議を招集したのは、あくまで話し合いのためなのだからね」

会議を招集した、と彼女はいった。つまり、彼女こそ手紙を出した弓巫女の相方、

『赤獅子《ルベリア》』の魔弾の神子《デウリア》なのだろう。であれば隣の若い女が『赤獅子《ルベリア》』の弓巫女か。ひょっとすると、会議の開催を主導したのは、この赤毛の女性の方なのかもしれない。

「ネリー、あの……」

エリッサの口調に戻ってしまった弓巫女ディドーがなにか言いかけたとき、外で鐘が鳴った。開会の刻限だ。

「空席はあるが、時間だ、始めようか」

ネリーと呼ばれた弓の王を名乗った者は、悪戯《いたずら》っぽく彼女に目配せしたあとそう告げた。

円卓に席は十一。そのうち現在、埋まっている席は九である。

ティグル、リム、エリッサの『天鷲《アクイラ》』と『一角犀《リノケイア》』組。

その対面に座るのが、ネリーと彼女の弓巫女とおぼしき人物だ。このふたりが『赤獅子《ルベリア》』だろう。

ティグルたちの左手には空席がふたつ、その奥に壮年の男女が座っている。そしてティグルたちの右手には、若い男女がひと組、席についていた。

「さて、『砂蠍《アルピラ》』の方々にはお越しいただけなかったようだが、これで全員が揃ったことになる。七部族会議の開催を、ここに宣言しよう」

ネリーが告げる。それに対して、ティグルたちの左手に座る壮年の男が待ったを入れた。

「その前に、席がこれだけしかないことについて説明を願おうか。七部族会議と言う割には、そこの――」と壮年の男はティグルたちの方をみる「――『天鷲《アクイラ》』と『一角犀《リノケイア》』の同盟を含めても、椅子が六組分しかないように思えるが？」

「たしかにその通りだ、『黒鰐《ニーゲラ》』の魔弾《デウ》の神子《リア》。それについては、われから最初に説明するべきだね。とはいえ、あなたはこのなかで最年長だ。こちらの『赤獅子《ルベリア》』の弓巫女についてはご存じだと思うが……」

　ネリーの言葉に応じて、彼女の隣に座る弓巫女とおぼしき女が軽く会釈した。壮年の男は彼女に対してうなずいてみせたあと、ネリーを睨《にら》む。

「で、貴様は？」

「そこのティグルヴルムド卿とだいたい同じだよ」

　ティグルをちらりとみて、そう告げる。

「われは『赤獅子《ルベリア》』の魔弾《デウ》の神子《リア》にして、『剣歯虎《サベイリ》』の弓巫女にして、『剣歯虎《サベイリ》』の魔弾《デウ》の神子《リア》だ。ややこしいだろうから、役職ではなく、気軽にネリー、と呼んでくれたまえ」

†

　ティグルは驚愕しつつも、心のどこかで覚えていた違和感に納得していた。

　なるほど、ティグルがふたつの部族に渡る魔弾の神子《デウリア》であるなら、ほかにも同じような者がいてもおかしくはない。そしてネリーは女性であるが故、弓巫女になることも可能であったというだけのこと。

　弓巫女と魔弾の神子《デウリア》を同一人物が兼ねることが可能なのか、という点については……そもそも、魔弾の神子《デウリア》とは人が勝手につけた、矢を射る者の名称である。周囲がそれに同意しているなら、問題はないのだろう。

　いや、かつて弓の王と名乗っていた彼女がこれまで行ってきた乱暴なあれこれを鑑みれば、力で強引にことを為したという可能性も考慮する必要があるが……ともかく、こうして彼女はふたつの部族の代表として、ここにいるわけである。

　壮年の男は椅子の背に身を預け、天井をみあげてため息をつく。無理もない。これまでの彼の認識していた世界における常識からかけ離れたものが、ここに宣言されたのだから。

「なんなら、われがここで矢を出してみせようか？」

「その必要はない。『赤獅子《ルベリア》』の弓巫女が貴様に従っているのだ、真実なのだろうさ」

　壮年の男は、もういちどため息をつく。

「この会議を開いたのは、貴様か」

「ああ、われが彼女の名を借りた」

「それで、貴様は七部族会議を招集して、なにをするつもりだ」

「少々、お待ちください」

ティグルの右手に座る若い男女のうち、女の方が口をはさんだ。残る部族は……ティグルは事前に教えられていた部族名を探り、答えをみつけ出す。そう、『森河馬《ハイポータ》』だ。『森河馬《ハイポータ》』の弓巫女はティグルと、そしてネリーの間で視線を行き来させつつ言葉を紡ぐ。

「会議の前に、一点、確認させてください。いえ、正確には二点ですが……。『天鷲《アクイラ》』と『一角犀《リノケイア》』は同盟を組み、『赤獅子《ルベリア》』と『剣歯虎《サベイリ》』もまた同盟を結んだ。この認識でよろしいのですね」

「ああ、少なくともわれに関しては、そうだ。『赤獅子《ルベリア》』と『剣歯虎《サベイリ》』は今や一体であると、ここに宣言する」

「『天鷲《アクイラ》』と『一角犀《リノケイア》』は同盟を結んだ。ティグルヴルムド＝ヴォルンの名において宣言する」

ネリーとティグルは『森河馬《ハイポータ》』の弓巫女の言葉に対して、それぞれ返事をする。こういった確認が行われるのは想定内だった。むしろ、それ以前に想定外の出来事があれこれ発生したため、確認が後まわしになってしまった。

『森河馬《ハイポータ》』の弓巫女は、よろしいとばかりにうなずいた。

「話を妨げて申し訳ございませんでした。続けてください」

「では、われが先ほどの『黒鰐《ニーゲラ》』の質問に答えよう。この七部族会議を開催させてもらった理由は、双王《そうおう》を選定するに際し、各部族の意見を調整したかったからだ。具体的には、このまま

相争うのか、適当なところで話し合うのか、そのあたりの思惑を確認したかった」

「白肌の貴様が双王になりたいと言うのか？　カル＝ハダシュトの民が貴様の肌の色に納得するとでも？　少なくともこのマシニッサは納得せぬ」

マシニッサと名のった壮年の男が気勢を吐く。ちらりと、ティグルの方をみた。なるほど、この場にはネリー以外に、ティグルとリムという白肌の人物がいる。そもそも弓巫女のうちふたりが、まったく国外の、なんの縁もゆかりもない人物であるのだ。異例のことであろう。

「われは矢に選ばれた。そこのリムアリーシャ殿も、そうだろう。あなたは矢の意志を無視するのかい」

「双王を選ぶのは矢ではない」

「うん、そこなんだ」

ネリーは、我が意を得たりとばかりに手を叩く。壮年の男は怪訝な表情になった。

「なぜ七本の矢が存在するのか、あなたの部族には伝わっているだろうか」

「この地の神が、彷徨える我らに与えたもうた大いなる力だ。我らは神の加護を得て、この大地の覇者にならんと……」

「なぜ矢は七本なのか、それぞればらばらな女のなかに宿るのか、という話だよ。それも、われやリムアリーシャ殿のような、本来はまったくの部外者であるはずの者に。その意味について、あなたは考えたことがあるだろうか」

ティグルはみた。

「なにがいいたい」

壮年の男はネリーを睨む。その片手が、彼の横に立てかけられた弓にそっと忍び寄るのを
「まあまあ、待ちたまえ。今は話し合いに来たのだろう？」

「貴様は我らカル＝ハダシュトの民を侮辱《ぶじょく》するつもりか、と聞いている」

「われはこの地の人々に心からの敬意を抱いているさ」

白々しい様子で、ネリーは宣言する。ティグルの隣のエリッサが聞こえるか聞こえないかというくらいの小声で「楽しんでますね、ネリー」と呟く。

「そこまで言うのなら、貴様は知っているというのか」

「あなたがたの祖先は勇敢に海を渡り、カル＝ハダシュトの陸に辿り着いた。といっても、嵐で難破して船の瓦礫と共に流れ着いた、といった方が正しいのだけれどね。そのときわが主は、災厄にあい神に哀願するあなたがたの祖先に、ほんの少し慈悲の心を抱いた。あとのことを、この地の神に任せてね。われが知っているのは、その程度のことだよ」

この人物はなにを言っているのだ、とその場のほとんど全員が、ネリーをまじまじとみつめた。エリッサだけは、なるほどとうなずいている。

「エリッサ、心当たりがあるのか」

ティグルは小声で訊ねた。

「ネリーはジスタートという国やその制度に対して、まるで自分がひとりの為政者であるかのように語っていました。ネリーがどういう人かわかった今なら、あれは真実、そうだったのだと確信できます。ネリーはそういう人なんです。今の話も比喩《ひゆ》や虚飾《きょしょく》と考えず、そのまま素直に受けとるべきなんです」

ほかの皆が沈黙していたから、その言葉はドームに思いのほか、大きく響いた。今度はエリッサが全員の注目を集める番だった。エリッサはしかし、他人の視線にまったく臆《おく》せず、まっすぐ対面のネリーをみつめる。

「ネリー。今、あなたがお話ししていたのは、実際にこの地にカル＝ハダシュトの民が流れ着いたとき、あなたの国の神様が助力した、というただの事実ですよね」

馬鹿な、世迷い事を、狂ったのか。

そんな声が左右から飛ぶ。ネリーの隣に座る『赤獅子《ルベリア》』の弓巫女も、目を大きく見開いていた。彼女にとっても寝耳に水の話なのだろう。落ち着いているのは、ネリーという人物が蘇った死者のひとりであるという事情を知るティグル、リムと、対話するネリー、エリッサの四人だけだった。

「ああ、そういう話さ。きみは本当に聡明だね、エリッサ。いや、今は弓巫女ディドーと名乗っているのだったか」

「どちらも私の名です。どちらかが虚でどちらかが真というわけではありません。どう呼ばれようとも、私は私ですよ、ネリー」

ネリーはその言葉に、皮肉そうな笑みを浮かべた。エリッサが小首をかしげたあと、思い直したように「やっぱり」と呟く。

「ネリー、あなたの生まれた時代には、名前にもっと大切な意味があったんですね」

「それは少し違うんだ。エリッサ、きみは聡明で、人と人の間に流れるさまざまな事象を正確に把握する力があるけれど、この世界を理解するには少しばかり知識が足りない。でもそれは悪いことではないと、われは思う。本来、きみはこんな場所でこんなことをしているべき人ではないという、ただそれだけのことなんだ」

「それについては、日々、実感しています」

エリッサはため息をつく。

「ネリー、今の時代においても、あなたが名乗ることには意味がある。きっとそれは、ティグルさんたちが関わるような世界においてそうである、ということなのですね。たとえば……」

彼女は言葉を切って、ティグルの脇をみた。

いや、正確にいえば、彼女がみているのはティグルが己の椅子の脇に立てかけた黒弓だった。

はたして、ネリーが豪快に笑いだした。

「たったあれだけの示唆《しさ》だけで、そこまで辿り着くか。いやはや、きみという人物は本当に面白い。そうは思わないか、今代の弓」

「俺のことをそう呼ぶことにも、意味があるのか」

ティグルとネリーは視線を交わらせる。ネリーは口の端を吊り上げた。

「なるほど、まだ自覚がない、と。アスヴァールであれだけのことを為したというのに、その身はかくも人のままを保《たも》つか。これはまた、歴代でも稀《まれ》な逸材《いつざい》だ。先に魔物たちがきみを捕捉していれば、いったいどうなっていたことか」

魔物。サーシャやヴァレンティナによれば、ネリーと名乗ったこの人物は、どうやら各地で魔物を討伐するべく動いていたようだった。そのための陽動として軍隊を動かすほどに派手なことをしながら、ジスタートで、そしてブリューヌで、人の世の裏に隠れた者たちを始末していたという。

その魔物ストリゴイも、ティグルのことを弓と呼んでいたように思う。今の彼女の口ぶりと合わせて考えると……。

「魔物というやつらは、この弓に関わりがある存在なのか？」

「そのあたりの話は、また次の機会にしよう。今、この限られた時間で語るべきことはほかにある。そうではないかな」

ティグルとしては、むしろ魔物と黒弓の話こそ、目の前の人物から聞いておきたい。

とはいえこの場に集められた者たちは、カル＝ハダシュトの七部族の頭たちだ。本来、これは双王を決めるための会議であった。

いや、本当にそうなのか？　この人物は、本当にただ双王を決めるため、というだけで会議を開くような、殊勝な人物なのだろうか。

「話を進めろ。俺にはわからない理由で、貴様がはるか昔の出来事をみてきたように語っているのは、そういうものだとひとまず納得しよう。それが矢の意味とどう関わってくる」

ネリーは壮年の男の言葉にうなずいた。

「ああ、それは……」

そのときだった。ドームの外が騒がしくなり、老神官のひとりが駆けこんでくる。老いた男は階段の途中でよろけると、そのままティグルたちのもとまで転がり落ちてきた。ティグルが駆け寄ってみれば、その白い衣は赤黒い血に染まっている。

「なにがあった」

抱え起こして訊ねてみても、返事がない。脈を調べれば、ひどく弱々しかった。最後の力を振り絞って、ここまで知らせに来たのだろう。

老神官は、激しく吐血する。血の色が紫に染まっていた。

「剣に毒が塗ってあったのだろう」

マシニッサが告げた。

ほかの者たちも全員、集まってきた。互いに顔を見合わせている。

「いったい誰が？」

「決まっている。この毒は……」

壮年の魔弾《デウリア》の神子は、口の端を歪めた。

「『砂蠍《アルピラ》』が使うものだ」

「なるほど、なるほど。『砂蠍《アルピラ》』がやらかした、と」

ネリーがのんびりした口調で相槌を打つ。

「やらかした、って……。ネリー、どういうことですか」

「エリッサ、きみは本当に、商売以外のことについては残念だね。ここにほかの六部族の頭が勢ぞろいしているんだ。絶好の機会だろう」

「それって……」

「『砂蠍《アルピラ》』は、われらをまとめて始末するつもり、ということさ」

†

皆が唖然《あぜん》としていたのは、一瞬だけだった。ティグルをはじめとする魔弾《デウリア》の神子たちが睨みあう。ネリーが、にやりとして『黒鰐《ニーゲラ》』の魔弾《デウリア》の神子をみた。

「マシニッサ殿、あなたに指揮をお任せしたい」

「俺か」

「この場を切り抜けるまで、ここの皆は目的を同じくする者、つまり仲間だ。この中で一番、カル＝ハダシュトに詳しいのはあなただろう」

「承った。皆、俺に、この『黒鰐《ニーゲラ》』の魔弾の神子《デウリア》マシニッサに命を預けろ」

ティグルと『森河馬《ハイポータ》』の魔弾の神子《デウリア》も素早くうなずく。皆、戦士だ。覚悟が決まれば早い。

各々が武器を構える。ネリーも己の弓の布を外した。赤黒い弓が露わになる。

「退路を確保する。あの先に非常時の脱出路がある」

マシニッサが、神官の駆け込んできた入り口とは反対側を指さした。

「その退路は、敵も知っているのではありませんか」

「だとしても、馬鹿正直に正面から突破するよりはいい」

『森河馬《ハイポータ》』の弓巫女が訊ね、マシニッサの返答に納得したとうなずく。

それ以上の異論は、誰にもなかった。魔弾の神子《デウリア》で前後を固め、一行は走り出す。リムは槍を手に、ティグルと並んで後衛につくことになった。

松明を手に、三人が並べる程度の幅がある暗い通路を進む。

ティグルの隣にネリーが並んだ。

「すまないね、今代の弓。『砂蠍《アルピラ》』がここまで愚かだとは思っていなかった」

「想定内だったんじゃないのか」

「想定していれば、もう少し人員を配置していたんだけどね。われひとりが生き延びるだけなら簡単だが、全員となるといささか難しい」

ティグルは少し考えて、彼女の言葉の意味を理解した。なんだかんだで、彼女が気にしているのはエリッサなのだ。

「ずいぶんと気に入っているんだな」

「彼女は力がなくとも、他人のために戦う勇気をみせた。われはそれを、このうえなく尊いものだと感じた。長生きはしないだろう、と思ったが、きみのような英雄がそばにいるなら、案外、なんとかなるかもしれない。そうなったとき、彼女の才能はどんなかたちで花開かせるのだろうね。その可能性が、われのつまらない失策で摘みとられるのは我慢ならぬということだよ」

「ネリー、私にも聞こえているんですけど」

前を行くエリッサが苦言を呈してきた。ネリーは笑う。

「聞こえるように言っているのさ。褒めているんだ、別にいいじゃないか」

「褒めるときもけなすときも、聞こえないようにやってください」

明かりが乏しくエリッサはこちらを振り向かないのでわからないが、きっと顔を朱に染めているのだろうなとティグルは思った。

「それより、『砂蠍《アルピラ》』についてだ」

ティグルは、今のうちにと、今度は自分からネリーに話しかける。

「『砂蠍《アルピラ》』の弓巫女とも書簡のやりとりはしたんだろう。なんと書いてあった」

「普通に、参加を表明していたよ。都に乗り入れたという連絡が入ったのも最速だったね。今にして思えば、先に来て、さんざんに罠を張り巡らせていたのだろう」

「魔弾の神子《デウリア》はともかく、弓巫女を始末しても、新しい弓巫女が生まれるだけだ。長い歴史で暗殺が起きたことなんて、一度や二度じゃないだろうに。ことの次第を知れば、六部族がまるごと敵にまわることくらい簡単にわかると思うんだが……」

「でも、時間は稼げる。『砂蠍《アルピラ》』はその間にことを片づけるつもりなんだろうね」

ひょっとすると、『砂蠍《アルピラ》』は今ごろすでにどこかの部族に攻め込んでいるのかもしれない、とティグルは思った。一応、『天鷲《アクイラ》』と『一角犀《リノケイア》』は互いが攻められても即応できる位置に大宿営地をつくり、警戒網を密にするよう命じてからこの都に赴いたのだが……。

弓騎兵による本気の奇襲は、防ごうと思ってもなかなか防げるものではない。傭兵の半分を陣地構築にまわし、ふたつの大宿営地を囲う堀と柵を用意させてはいたものの、それの完成には今すこしの時間がかかるだろう。

本来であれば季節ごとに部族全体が移動するのだが、今回はしばらく大宿営地を移動させないという前提での施策である。戦の傷跡を癒《い》やすために、仕方のないことだった。

とはいえ、あまり大勢を同じ場所に集めるわけにもいかない。

生活に必要な水や溜まるごみ、糞尿の問題もある。馬や家畜の放牧で周囲の草原が荒れてはたまらないので、それへの対策を打つ必要もある。総じて、騎馬民族の慣習は定住に向いていないことをティグルたちは痛感させられていた。

それでも、あまりにも多い負傷者を連れて移動しながら軍備を再編制するよりは、と長老たちすら今回の措置に納得している。両部族の受けた傷は深く、わだかまりも大きい。

前途多難であった。今回の会議で少しでも休戦期間を得られれば、ひと息つけたのだが、『砂蠍《アルピラ》』の態度から判断するに、それも難しそうである。

そもそも、まずはティグルたちが生きて部族の大宿営地まで戻らなければならない。

いちおう、最低限の手は打ってあるのだが……。


「待て！」

前を歩くマシニッサが警戒の声をあげた。一行が立ち止まる。

ほぼ同時に、弓弦を弾く音が響く。彼方の暗闇から矢が襲ってきた。松明を手にしていた『森河馬《ハイポータ》』の魔弾《デウリア》の神子の肩に突き刺さる。若い魔弾《デウリア》の神子は呻《うめ》き声をあげて片膝をついた。

とり落とされた松明が、石造りの床に転がる。

「的になる。その明かりを消せ！　皆、床に伏せろ！」

「いや、待ってくれ」

指示を出したマシニッサに対して、ティグルは声をあげた。ネリーとほんの一瞬、顔を見合わせる。意思の疎通はそれだけで充分だった。互いにうなずく。

「皆は伏せてくれ！　それと、矢を！」

ティグルは周囲の者たちが伏せるなか前に駆け出し、転がった松明を手にする。前方の暗闇から、立て続けに矢が飛来した。ティグルは前かがみになって黒弓に松明をつがえると、転がりながら弓弦を引き、松明を矢のかわりにして放つ。

松明は山なりの軌道を描いて飛び、通路の向こう側で弓を構える四人の男の姿を照らし出した。射手たちは通路の左右のくぼみに身を隠して矢を放っていた様子である。

リムが槍を構えて飛び出し、ティグルを一瞬で追い抜くと敵に突進する。振り向けば、エリッサとネリー自身が腹から矢をとり出している。エリッサはネリーに矢を手渡した。

「よしきた」

ネリーが、二本の矢を続けざまに放つ。松明が床に落ちるまでのわずかな間に、矢は黄色と青の軌跡を描いて飛び、リムを追い越した。

それぞれの矢が、敵の射手ふたりの眉間を射貫く。

残るふたりが慌てて弓に矢をつがえるが、その間にリムが距離を詰めている。槍の刺突《しとつ》が、ひとりの喉を突いた。もうひとりがすぐそばに迫ったリムに矢を放つも、彼女は身をかがめてそれをかわし、槍でなぎ払う。

相手は弓を落とし短剣を抜いた。その短剣で己を守ろうとするが、リムの槍は短剣の刃を折って、そのままの勢いで男の腕と腹を切り裂いた。男は断末魔の声をあげて倒れ伏す。

ティグルは用心しながら倒れた射手のもとへ歩み寄った。

男たちの背中には、いずれも大きな蠍《さそり》の刺青が入っていた。『砂蠍《アルピラ》』の印だ。床に落ちた短剣の刃に紫色の液体が塗られていた。

「毒ですね」

リムは布を取り出し、己の槍に付着した紫の毒を丁寧に拭き取る。

ティグルはその間に、彼らが全員、絶命していることを確認した。周囲にこれ以上、動く者の気配はない。通路の幅から考えても、待ち伏せがこの四人だけだったのは確実だ。

おそらくは、夜目に優れた射手を揃えたのだろう。奇襲をティグルたちが気づけなかったのだから、隠密にも優れている。

逆に言えば、これ以上の待ち伏せはもうないだろうと確信できた。

松明を手に皆のもとへ戻れば、そこは沈痛《ちんつう》な雰囲気に包まれていた。

『森河馬《ハイポータ》』の弓巫女が、己の魔弾《デウ》の神子《リア》を抱きかかえて涙を流している。彼女の相棒である若い男は紫色に染まった血を吐き出す。最後に弱々しい言葉でなにか呟いたあと、目をつぶって全身の力を抜いた。

「『砂蠍《アルピラ》』の毒に効く解毒剤はある。各部族が充分な数を用意してあるのだ」

マシニッサが苦々しい声で告げる。

「だが、今は持参していない。一刻も早く外に出なくてはならぬ」

『森河馬《ハイポータ》』の弓巫女は、亡骸となったその身体を力いっぱい抱きしめる。

「私はここに置いていってください」

と呟く彼女の頬を、『黒鰐《ニーゲラ》』の弓巫女が叩いた。乾いた音が響く。

「いずれ私たちは敵となるかもしれません。ですが今、あなたが立ち上がらずして、あなたの部族はどうなるのですか。弓巫女となったからには、最後まで己の役目を果たしなさい」

厳しくも真摯な口調で告げて、『森河馬《ハイポータ》』の弓巫女の手を引っ張り、強引に立ち上がらせる。

『森河馬《ハイポータ》』の魔弾の神子《デウリア》の亡骸はその場に置いたまま、一行は歩みを再開した。


その後は襲撃を受けず、外に出る。出口の先は、ティグルたちがいた議事堂から少し離れた建物の二階だった。下に下りる梯子《はしご》がある。

夜になっていた。街のあちこちが燃え上がり、その炎によってカル＝ハダシュトの都が煌々《こうこう》と照らされている。人々が悲鳴をあげて逃げ惑う声がティグルたちのもとまで届く。

「あっちだ、弓巫女と魔弾の神子《デウリア》が生きているぞ！」

少し離れた建物の屋根から声がする。そちらに目を向ければ、屋根の上に黒ずくめの男が立ち、ティグルたちを指差していた。

屋根から屋根に飛び移り、同じく黒ずくめの男たちが距離を縮めてくる。やけに身軽な動きの男たちだった。

「『砂蠍《アルピラ》』の精鋭、鉄鋏《てっきょう》隊だ。奴らめ、本気だな」

マシニッサが呟く。

ティグルとネリー、マシニッサが矢を放ち、鉄鋏隊の男たちを牽制する。その間に、順次梯子を下りた。一行は素早く路地裏に入り、敵の追っ手から距離をとる。

「このまま都の外に脱出いたしますか」

「いや、おそらく門は真っ先に封鎖されているだろう」

『黒鰐《ニーゲラ》』の弓巫女とマシニッサが会話したあと、ティグルたちの方を向く。

「皆、どれだけこの都に兵を連れてきている？」

ネリーと『森河馬《ハイポータ》』の弓巫女はそれぞれ十から二十の数字を告げた。ティグルとリムはうなずきあい、正直に手のうちを明かすことにする。

「千人です」

リムは告げる。

「我々は傭兵を千人、旅客や出稼ぎに変装させて、都のあちこちに潜ませました。今ごろ、戦士長の命令でまとまって動いているはずです」

その言葉に弓巫女たちが絶句する。マシニッサが豪快に笑った。

「頼もしいではないか。こうなることを予期していたのか。それとも、自分たちでこの都を制圧するつもりだったのか」

「この規模の都市を制圧するには、よく訓練された兵士が五倍は欲しいですね。傭兵たちの練度《れんど》はあまり高くありません。ですがそのぶん、ただの客や出稼ぎに紛れるのは容易でした」

リムは真面目に相手の言葉を受け止める。実際のところ、さまざまな事態を考慮する際、カル＝ハダシュトの都を内部から攻略する方法についても検討はしたのだ。

その主な目的は、七部族のどれかが奇襲で都を支配するとしたらどうするか、ということを知るためであったのだが……結局、その想定のひとつが当たってしまった。

都を守る兵士は商家の者たちで、相応に精強であるとのことだったが、その主な任務は海から略奪に来る海賊を追い払うことであるという。陸の上で組織的に戦う敵が相手では、いささか勝手が違うだろう。混乱するのもいたしかたがない。

もっとも、それは現在、敵が先手、先手で動いてこちら側の連絡を遮断《しゃだん》しているからだ。一度、商家がまとまれば、そしてティグルたちが態勢を整えることができれば、『砂蠍《アルピラ》』の有利で進む現状はたちどころに覆るだろう。所詮、敵は一部族にすぎない。

「俺たちの屋敷は見張られているだろう。こういう時のために酒場をひとつ、まるまる確保してある。そこへ行こう」

ティグルが告げた。ティグルたちは外に出られなかったが、そのあたりはナラウアスとその部下たちが上手くやってくれているはずだ。

「そこまでする必要があるのだろうか」

とナラウアスは半信半疑だったが、命令に忠実なのがこの戦士長の長所だった。問題はこの都の地理であり、ティグルやリム、エリッサにネリーあたりはそのあたりがさっぱりなのであるが……。

「その酒場なら、こっちだ」

頼もしいことに、マシニッサは都の地理に明るいようだった。

「魔弾の神子《デウリア》になる前は、羽目を外すこともままあったのだ」

先頭を歩きながら豪快に笑う。その後ろを歩く『黒鰐《ニーゲラ》』の弓巫女が、「この人ったら、宿に泊まらないで娼館を渡り歩いていたことを今でも自慢するのです」と口を尖らせる。

「そんなだから、腕っぷしは強いのに、部族の女たちから煙たがられるのですよ」

「余計なことは言わんでいい。部族の弱点を晒《さら》すなど利敵行為だぞ」

「あなたの素行なんて、いまさら弱点にもならないでしょう」

喧嘩をしているようで、互いに息の合った様子で周囲を警戒している。

「熟年の夫婦という感じですね」

「『黒鰐《ニーゲラ》』のおふたりは、同時にその座について、もう二十年になりますから」

ネリーの相方である『赤獅子《ルベリア》』の弓巫女がエリッサに耳打ちする。

「今日、もし会議で新しい双王が決まったとしたら、おふたりが一番、その座にふさわしかったでしょうね」

「残念ですが、そうはならなかったわけですけど」

エリッサは、ちらりとネリーをみる。

「そもそも、ネリーは会議で双王を決めるつもりがあったんですか」

「どういう意味だい、エリッサ」

「あなたの態度をみていて、思ったんです。あっ、悪いこと企んでるなって。素直に双王を決めるんだろうなあ、って思って会議に参加した私は、とんだ愚か者です」

「エリッサ、きみは本当に面白いなあ。皆が素直にしがらみを捨てて、誰かを双王に押し上げるとでも？」

「だって、王様なんて面倒なだけじゃないですか」

「そういう意見が出せるのは、きみくらいじゃないかな」

ネリーは呆れた口調で、それでいて感心するように、エリッサをみた。

「いや、われとしては、きみのそういうところが素晴らしいと思うのだがね」

「馬鹿にされている気がします」

「心から褒めている」

ネリーはエリッサと軽口を叩き合いながらも、さりげなく狙撃から彼女をかばうような立ち位置をとっていた。エリッサは彼女に任せておいていいだろう、とティグルは相棒を失った『森河馬《ハイポータ》』の弓巫女に注意を払いながら一行の後方につく。

一行で唯一、長柄の武器を持ったリムは、先頭に立って、時折襲ってくる背中に蠍の刺青が入った男たちを返り討ちにしていた。

複雑に曲がりくねった市街地は弓矢の距離になりにくい。ここは彼女の得意な戦場だった。うっかり顔を出した『砂蠍《アルピラ》』の兵士に対して、縦横無尽に暴れまわってくれている。

鉄鋏隊とおぼしき黒ずくめの兵士は、さすがに少数のようだった。そんな精鋭部隊とて、迂闊《うかつ》に物陰や建物の屋根から身を出せば、三人もいる魔弾の神子《デウリア》によってその身に矢を突き立てられることとなる。

基本的には、それは熟年の夫婦の連係をみせる『黒鰐《ニーゲラ》』の役割であった。それで足りないところは、ネリーが補っている。

マシニッサの射る『黒鰐《ニーゲラ》』の黒い矢は、『貫通』の力を持っていた。高速で回転しながら敵兵に突き刺さり、その腹を抉ってなお勢いが止まらず、敵兵の背後に建つ石造りの建物の壁に人ひとりが入れるほどおおきな穴を開けてみせる。いささか過剰な破壊力で、狭い場所で使うと自分も巻き込まれてしまうことがある、とマシニッサ自身が注釈を加えた。

「いいのですか、そんなことを俺たちに話して」

「こそこそしても仕方があるまい。戦う時は、正々堂々と腕を比べればいい」

そう宣言して、マシニッサは豪快に笑う。

「第一、俺は各部族の矢を一通り見ているからな」

さすが、在位二十年の魔弾《デウリア》の神子である。

一方、ネリーが自分の腹から生み出す『剣歯虎《サベイリ》』の黄色い矢の力は、『切断』であった。敵兵を貫いたあとその後ろにあった木の幹に突き刺さったとき、その木は矢が刺さった部分から上下に分かたれ、横倒しになった。その切り離された面は、まるで鋭い剣によってまっぷたつにされたかのようだった。

障害を排除しながら移動して、ティグルたちはついに目的の酒場にたどり着く。酒場の外で弓を構えて警戒していたナラウアスとその部下たちが、ティグルたちをみて安堵したように弓を下ろす。

「ご無事でよかった。都の中央区画とは連絡がとれなくなっていたのです」

ティグルたちと共に他の部族の魔弾《デウリア》の神子と弓巫女がいることで、現状をおおむね理解した様子であった。ひとまず怪我をした『森河馬《ハイポータ》』の弓巫女を酒場で休ませることにする。

「今、傭兵はどれだけ集まっている」

「七百人は、ここから少し離れたところで待機。すぐに動けます。残りは状況を把握するため、数人から十数人に分かれて行動しています」

「『砂蠍《アルビラ》』が仕掛けて来ているのは分かっていると思うが、相手の指揮官は発見できたか」

「全力で捜索中です。敵の動きから判断して港の方にいると思うのですが……」

さすがにナラウアスだ、手際がいい。打てば響くとばかりに、ティグルの質問に的確な返事がくる。

「敵が魔弾の神子《デウリア》と弓巫女の身柄を押さえきれなかった以上、勝ち筋はほとんど残っていないはずだ。どうするつもりだろうか」

「都をこれだけ派手に焼いたのです、放っておいても商家が反撃するでしょう。我々は静観するのも、ひとつの手です。商家との話し合いの伝手は用意してあります」

「どう思う？」

ティグルは、大きなジョッキで葡萄酒《ヴイノー》を豪快に飲み干すマシニッサに訊ねた。

カル＝ハダシュトの社会については彼が一番詳しい。彼が己の利だけを考えて動くような狭量な人物ではないと、これまでのやりとりでよく理解している。たしかに、双王とするなら彼のような者がいいのだろう。

ティグルに水を向けられた壮年の男は、腕組みして熊のような唸り声をあげる。

「たしかに、放っておけば商家がケリをつけるだろう。だが我々は七部族で、俺は魔弾の神子《デウリア》だ。ティグルヴルムド卿、貴様も同じ気持ちではないのか」

「俺は、このまま被害が広がれば無辜《むこ》の民が犠牲になることを憂《うれ》いている。だが商家には商家の誇りがあり、彼らが自分たちで落とし前をつけるというなら、俺たちが補助にまわった方が民を助けられるかもしれない」

「部族の利害より、この都の人たちのことを考えるのかい」

ネリーが愉快そうに笑ってティグルをみる。ティグルは彼女の方を向き、その視線を受け止めた。

「今代の弓は、自分たちの損得に興味がないのだね」

「まったくない、というわけじゃない。商家に恩を売ることには意味があるだろうし、『砂蠍《アルピラ》』を徹底的に潰すのは、二度とこんな馬鹿げたことを起こさせないためにも重要なことだ」

「感情だけに走らず理屈をつけることができるのは、訓練の賜物《たまもの》かな」

ネリーは、ティグルの後ろに立つリムにちらりと視線をやった。ネリーが看破《かんぱ》した通り、ティグルの言葉はおおむね、リムが稽古《けいこ》をつけてくれた、彼女の補佐としての日々から得た知見によるものである。

「ネリー、あなたはどう動くべきだと考えている」

「もちろん」

弓の王を名乗る者は、獰猛《どうもう》な笑みを浮かべた。

「やられたなら、やり返すさ。当然のことだろう?」

†

舐められてはいけない。やられたら、やり返す。それはどれほど歳月が経っても不変の真理である。ネリーはそう説いた。マシニッサは、それでこそ魔弾《デウリア》の神子だと力強くうなずいた。弓巫女たちはおおむね、その意見に否定的だった。代表してエリッサが見解を述べる。

「落とし前をつけるとしても、ここ、カル＝ハダシュトの都は商家の縄張りです。商家が勝手にやってくれるのではありませんか」

「きみは本当に、商人の論理で語るね」

ネリーが苦笑いする。

「われらのように国や部族を率いる者たちは、もっと原始的な論理で動いているんだ」

「原始的、ですか」

「落とし前をつける者が誰でもいい、は損得で考えた結論だ。われらにとって、それをなすのは、われら自身でなくてはならない」

ネリーの横では腕組みしたマシニッサがしきりにうなずいている。ティグルとしても、その論理には納得できてしまう。貴族もまた面子を重視する生き物だからだ。誰がやったか、は貴族社会における重要な要素のひとつであった。

これを名誉と呼称する。

「そういうことでしたら、仕方がないですね」

弓巫女たちは諦め顔でネリーたちの論理を受け入れた。

「問題は、『砂蠍《アルピラ》』の魔弾の神子《デウリア》を発見することができるかどうか、ですが……」

「それについてだが」

一度、部下のもとへ行っていたナラウアスが戻ってきて、話に割り込んだ。

「偵察の一部が、『砂蠍《アルピラ》』の者たちが集まる場所に見当をつけてくれた。埠頭の軍港側が制圧され、商家は奪還もできず苦戦しているらしい。しかも、そこには鉄鋏隊が二十人以上も集まっているそうだ」

「そこに、魔弾の神子《デウリア》が？」

「『砂蠍《アルピラ》』の矢は、『毒霧《どくぎり》』の力を持つ。文字通り、周囲に毒の霧をまき散らすのだ。霧のなかで息を吸うと身体が麻痺すると言われている。埠頭の戦いでは、この症状で倒れる商家の兵が多くみられたらしい」

長年、争ってきた七部族だ。いくつかの部族の矢は、その能力を露呈させている。もっともその知識はみだりに他部族へは披露しないのが習わしであるという。ナラウアスは、魔弾の神子《デウリア》と弓巫女が集まるこの場で、あえてその暗黙の禁を破った。

事情が事情だ。皆が納得している様子であった。毒の霧への対策があるのとないのとでは、戦いへの対応が大きく変化する。

「軍港について、詳しい話を聞かせてくれ」

ティグルはナラウアスに訊ねた。

カル＝ハダシュトには、数百隻の船が収容できる巨大な内港がある。白亜の高い壁に囲まれたこの港は商港区域と軍港区域に分かれており、軍港区域の警備は特に厳重であった。必要のないときは両港を繋げる門が閉じられているため、船舶の行き来すらできない。

壁は街と軍港の間にも存在し、街から近づく者は壁の上に並んだ警備の弓兵に狙われる。

軍港を守る商家の兵士は精鋭で知られていた。容易なことでは、これを突破することなどできない、はずだった。しかし『砂蠍《アルピラ》』は、それをやってのけた。

からくりは、簡単だった。

商家の兵士の一部が裏切ったのである。

彼らは、カル＝ハダシュトの海軍と『砂蠍《アルピラ》』の弓騎兵が揃えば北大陸の征服など容易であると考えた。国内の権力ではなく国外の富に魅力を感じたのである。

さすがの商家も、これほど大規模な内部の離反は想定していなかったようだ。

ティグルたちのもとへ集まってきた情報を総合すれば、現在、『砂蠍《アルピラ》』はカル＝ハダシュトの海軍と共にこの地を脱出し、新天地を目指すための準備を進めている様子であった。

「現在、裏切っていない商家の部隊が軍港の外門に立てこもり、門の開閉装置を死守しております。ですが長くは保《も》たないでしょう」

「門の部隊に対して『毒霧《どくぎり》』を使わないのか」

「使えば、霧が門の付近を漂い、複雑な開閉装置を作動させる人員を突入させることができなくなると考えているはずです」

商家から派遣されてきた男は、ティグルの疑問に対して迷いなく返事をする。

「詳しいな」

商家の男は返事をしなかった。ティグルは理解する。商家は、あらかじめ弓巫女たちの矢の力を知っていたに違いない。

「七部族と戦うことが想定のひとつとすれば、他の部族の矢への対策もあるはずだな。壁を『一角犀《リノケイア》』の矢で破壊することも無理か？」

「私見ですが、困難だと考えます」

商家の男は言葉少なくティグルの意見を肯定する。ティグルはネリーをみた。

「一応、聞いておきたいんだが、飛竜を呼べたりはしないのか」

「あいにくと、すぐには無理だね」

軍港を囲む白亜の壁を越えるもっとも簡単な方法だったのだが、まあ可能ならばさっさと提案していることだろう。今更、ティグルたちに対して隠すような札ではない。

「こうも見事に立てこもられると、攻城兵器でも持ってこなければ難しいですね」

商家から借りた軍港の図面をみて、リムが言った。一行で、もっとも城攻めの知識があるのは彼女である。

「作戦の第一段階として弓巫女と魔弾《デウ》の神子《リア》を始末し、第二段階として軍港を制圧する、第三段階として軍艦により都を脱出、どこかで民を乗せて新天地を目指す。一朝一夕《いっちょういっせき》に立てられたものとは思えない計画です」

「おそらく、第二段階以降は長年に亘って商家に浸透した結果だろう。ということは、ずっと計画を立てていたけれど、軍港を手に入れるのに都合のいい混乱をつくる目処が立っていなかった。そこに、降って湧いた今回の七部族会議だ。今が好機と睨んだのではないだろうか」

ネリーがそこまで看破してみせたあと、苦笑いする。

「『砂蠍《アルピラ》』の暴発の原因をつくったのは、われということさ」

「ネリーは悪くありません！」

「エリッサ、これは自虐というわけではない。計画が不完全なうちに暴発させ、最小の犠牲でことを収める機会を得たと考えるべきだろうね」

最小の犠牲か、とティグルは窓の外をみた。夜でもわかるほど街のあちこちから黒煙があがっている。これでも犠牲が小さいというのか。

いや、これほどの大都市で民を無差別に虐殺するような攻撃が行われたのだ。場合によってはもっとひどいことになっていた、というのは充分にありえることである。そう、思い直す。

いずれにしても、動くなら今夜のうちだった。

皆がさまざまな意見を出して、検討が行われる。ティグルが最終的な作戦案をまとめた。

「少数で夜陰にまぎれて軍港の壁を越え、『砂蠍《アルピラ》』の中枢を叩く」

結論は、そうなった。


本来であれば、部族の指導者でもある魔弾《デウリア》の神子が暗殺部隊に加わるなど無謀もいいところであろう。だが魔弾《デウリア》の神子とは、各部族でもっとも優れた戦士のことだ。それは壮年となった『黒鰐《ニーゲラ》』でも同じことであった。

軍港襲撃部隊に参加するのは全部で四人。

『天鷲《アクイラ》』及び『一角犀《リノケイア》』のティグルとリム、『赤獅子《ルベリア》』及び『剣歯虎《サベイリ》』のネリー、そして『黒鰐《ニーゲラ》』の魔弾《デウリア》の神子であるマシニッサであった。『森河馬《ハイポータ》』の魔弾《デウリア》の神子はさきほど亡くなり、後任が決定していない。

弓巫女たちにも同行したいと願う者はいたが……。

「万一、俺たちが全滅した場合、せめて弓巫女が残っていないと立て直せなくなる」

とは、マシニッサの言葉であった。無論、ティグルたちの誰ひとりとして、計画を失敗させるつもりなどない。だからといって失敗した場合のことも考えておかなければならないのが、為政者というものであった。

そして、この部隊の指揮はリムが担う。

「私でいいのですか？」

「俺たち騎馬の民は、都市の中での戦いに慣れていない。女だろうが、上手い奴に任せるのが一番だ」

マシニッサは平然とそう言って、リムの指揮を受け入れた。

「問題は、俺以外の全員が白肌ってことだな。潜入するには目立ちすぎる」

「身体はローブで隠して、フードを深くかぶるしかないな」

凝った変装をする時間はない。


作戦が開始された。

一行は、商家の手引きでもっとも警戒が薄いと思われる壁の一角まで移動し、矢とリムの槍で周囲の見張りを手早く始末した。隠密を旨とするこの場面においては、矢の風切り音すら邪魔となる。リムの槍術が、敵を始末するうえでもっとも確実な手段であった。

壁の上の見張りは、矢で始末する。普通の矢にロープをくくりつけて射出し、壁の上に突き立てた。最初にロープをよじ登る役はネリーが行った。ティグルも舌を巻く見事な登攀で、またたく間に壁の上に立つ。続いて槍を背にくくりつけたリムが上に行き、巡回を始末している間にティグルとマシニッサが登った。

その後、ロープを反対側に下ろして素早く壁の内側、軍港の敷地に降りる。

港の内側では、黒ずくめの鉄鋏隊が巡回していた。息を殺して、彼らをやり過ごす。

ここまでは順調だった。余裕があれば市街側の門を開き、待機させていた部隊を突入させたかったが、その前に警報の笛が軍港に鳴り響く。侵入の痕跡が発見されたようだ。死体を隠す暇もろくになかったから、いたしかたない。

「敵の首魁《しゅかい》を叩く」

ティグルたちは頭を切り替え、目立たぬよう、しかし足早に軍港の奥へ向かった。


移動している最中も、ネリーはじっとティグルをみている。いや、彼女の視線の先にあるのはティグルが握る黒弓だった。そういえば、以前も彼女はティグルのこの弓に関心を抱いていたように思う。

「みたところ、ティグルヴルムド卿。きみはまだ、その弓の力を上手く引き出していないようだ」

「ネリー。あなたは、この弓についてなにを知っているんだ」

「それは私が授《さず》かり、私が使っていた。だからきみのことを、今代の弓と呼んでいるわけさ」

やはり、そういう繋がりか。口ぶりから薄々察してはいたが、本人から言われるとひときわ衝撃が大きい。だがはたして、彼女が今、こうして弓について話す理由はなんなのか。

「警戒しているね。正しい理解だ。われは今、きみを利用しようとしている」

「ずいぶん正直に話すんだな」

「きみに対しては、駆け引き抜きで話した方がいいだろうと考えたんだ」

黒弓についての情報は、喉から手が出るほど欲しい。だが、この女が本当のことを言っているとは限らないし、利用しようとしているという言葉はおそらく真実なのだろう。

「この弓から力を引き出す方法を教えてくれ」

それでもティグルは、ネリーの提案に乗ることにした。そもそもなぜ、彼女はこの地に来たのか。その不思議な行動の理由を知るためにも、得られる情報は得ておくべきだと思った。

「ならば今代の弓。今だけでも、こう信じて欲しい。この島には神が眠っている。誰もがその名を忘れた神だ。その名を――」

そして、ネリーは重々しく告げる。

「ティル＝ナ＝ファ」

ティグルは片眉をつりあげた。なにを言っている？　この弓がティル＝ナ＝ファと関わりのあるものだということは、アスヴァール島の精霊も言っていた。しかしティル＝ナ＝ファはブリューヌとジスタートで崇められている神の一柱だ。

はるか遠く、この島の、名を忘れられた神がティル＝ナ＝ファ？　そんなはずはない。

いや、本当にそうか？　自分たちは、神についていったいなにを知っているというのだろう。

対して目の前の女は、その口ぶりからして、ティグルたちよりずっと前の時代を知っているようだった。先ほどの七部族会議において、彼女はこの国、カル＝ハダシュトが生まれたときの様子を語ってみせたではないか。

それが虚言《きょげん》である可能性は、もちろんある。

だが、ならばここでティグルに虚言を吐く意味は？

考えてもわからなかった。どのみち、彼女が口にしたのは、ただ「今だけでも、こう信じて欲しい」という言葉にすぎない。それでティグルに、どんな不利益があろうか。

「止まってください。隠れて」

リムが小声で告げた。一行は近くの物陰に身をひそめる。百隻以上が停泊する港のなかで、リムはひときわ大型の軍艦を指した。

「あの船をみてください。煌々と明かりがつき、人が集まっています」

「『砂蠍《アルピラ》』の首脳陣が揃っているな。姿はみえないが、おそらく魔弾《デウ》の神子《リア》もあの船にいるのだろう」

リムの言葉にマシニッサが応じた。『黒鰐《ニーゲラ》』の魔弾《デウ》の神子《リア》は目を細めて彼方を睨み、彼が知る『砂蠍《アルピラ》』の主な人物の名をあげてみせる。

行き交う兵士たちが掲げる松明の揺らめく明かりのなか、少なくとも八百アルシン（約八百メートル）は離れた軍艦の上の者たちを判別してみせるのだから、たいしたものだ。

「だが、さすがに警戒が厳しい。迂闊には近づけないぞ」

マシニッサはティグルとネリーをみる。

「なにか考えはあるか」

「この暗闇だ。水に潜って船に接近すれば……」

ティグルは考え込みながら、そう返事をした。自分もリムもある程度の泳ぎはできる。マシニッサは渋い顔をしていたが、まったく泳げないというわけではないらしい。ネリーの方をみれば、彼女も「それもいいね」とうなずいていた。

「しかし、われとしては別の提案をしたい」

ネリーは不敵な笑みをみせた。

「ティグルヴルムド卿、きみの弓を使いたまえ」

「黒弓を……」

ティグルは己の弓をみつめる。アスヴァール島を離れてから、この弓が特別な反応を示したことは一度もない。悪しき精霊マーリンを倒す最後の一撃を放ったときは、戦姫ヴァレンティナの竜具《ヴィラルト》が共にあった。今、そばにあるのは弓巫女が生み出す矢だけだ。

「『一角犀《リノケイア》』の矢と、『剣歯虎《サベイリ》』の矢、どちらを使うんだ」

「どちらも必要ない。本来、その弓には特別な矢など必要ないんだ。この島の大地から力を引き出せばいい」

「大地から、力を？」

「ティル＝ナ＝ファはすぐそばにいる。そう考えるんだ」

「すぐ、そばに」

ティグルは目をつぶった。両足で踏みしめる大地を、そして黒弓の手触りを感じる。ティル＝ナ＝ファ。三つの顔を持つ女神。その名と、このカル＝ハダシュト島を心のなかで重ねる。

大地から不思議な力が湧き上がり、黒弓に集まる感触があった。リムとマシニッサが驚きの声をあげる。

目を見開くと、黒弓が淡く白い輝きに包まれていた。ティグルは弓に矢をつがえ、敵の幹部が集まる軍艦に狙いをつける。

心のなかで、ティル＝ナ＝ファに祈りを捧げた。

ティグルの全身から力が吸い取られるような感覚がある。思わず呻き声をあげた。身体が崩れ落ちそうになるのを、懸命にこらえる。

最後の力を振り絞り、矢を放った。

解き放たれた矢はうなりをあげて飛び、白い光の筋を残して軍艦に吸い込まれた。一拍おいて、大きな爆発が起こる。

人々の悲鳴があがった。この地の神に許しを請う男たちの声が聞こえる。

木の幹が折れる音を何十倍にもした轟音が響き渡る。みれば軍艦がその中央でまっぷたつに裂け、水中に没するところだった。

ネリーが、けたたましく笑った。

「こうも上手くいくとは。おかげで確信できた。――も、きっと上手くいく」

言葉の一部が聞き取れない。耳が遠くなったような気がした。

身体の自由がきかない。

ティグルの視界が回転する。リムが驚き、駆け寄ってくる。その身が倒れる前に、彼女によって支えられた。

ほっと安堵して、ティグルは意識を手放す。

「ありがとう、今代の弓」

最後に聞こえたのはネリーの呟きだった。

「きみのおかげで、われは愛しきあの方に――」

エピローグ　戦姫入港

日が暮れてから、しばし。

ひとりの女性が、錫杖《しやくじよう》を手に、商船の舳先《へさき》に立っていた。船の揺れに従い、その身が揺れる。

金色の髪は、甲板の松明《たいまつ》の明かりに照らされて橙色に輝いていた。

女性は緑の瞳を凝《こ》らして、じっと船の彼方を眺める。

カル＝ハダシュトの都があった。豪華絢爛《ごうかけんらん》で知られるその都が、今、炎に包まれている。夕刻に入港しようとしたこの商船だったが、都の内側にある港に入ることもできず、こうして海上で待機させられていた。

カル＝ハダシュトの都は現在、内外を隔《へだ》てる門がすべて閉じられ、陸からも海からも隔絶されている。その原因は不明であるが、都の内部から立ち昇る黒い煙と炎、夜になっても止まぬ喧噪を考えれば、おのずと推測もできる。

内乱だ。

厄介なことになった。この地をひとまず離れ、別の港に赴くよう船長に助言するべきだろうか。その場合、彼女の任務に支障が出てくるが……背に腹は代えられない。

「戦姫様、そこは危ないですよ」

声をかけられ、振り向く。若い兵士が松明を手に立っていた。不安そうな顔をしている。このような状況だ、無理もない。ソフィーヤと呼ばれた女性は、せいぜい柔和な笑みを浮かべてみせた。

「大丈夫よ。思ったほど揺れないし、それにこのあたりの海は温かいもの。冬とはとても思えないくらい。落ちても、すぐ泳いで戻ってくるわ」

ふと、思いついて小首をかしげる。

「わたくしひとりで泳いで陸にあがれば、誰にも気づかれずに済むかしら」

兵士が慌てて制止してくる。ソフィーヤは「冗談よ」と笑ってみせた。

そのときである。港の方で、おおきな爆発が起こった。大気の振動が伝わり、船が揺れる。ソフィーヤは海に落ちそうになり、慌てて甲板の内側に退いた。

「今のは……」

「ティグル様だ」

兵士が、アスヴァールの言葉で呟《つぶや》く。おおきく目を見開いていた。そういえば彼の故郷はアスヴァールだったなと思い出す。

「間違いありません。あれはティグル様の黒弓です」

「となると、リムもあそこにいるのかしら」

口もとに手を当て、ソフィーヤは考えた。状況は読めない。だがなにも行動しないというわけにはいかなくなった。

「船長と話をしましょう」

きびすを返し、船の中に戻る。兵士が慌ててついてきた。

あとがき

こんにちは、瀬尾《せお》つかさです。

本作、『魔弾の王と天誓《てんせい》の鷲矢《アクイラス》』は、川口士《かわぐちつかさ》の魔弾シリーズのスピンオフであり、『魔弾の王と聖泉の双紋剣《カルンウエナン》』の最後から約一年後の物語となります。

とはいえ物語の舞台となる南の大陸とその隣の島カル＝ハダシュトはこれまでの舞台から大きく離れており、ここから読んでもなんの問題もなく楽しめるようにつくられております。

あとがきから読まれている方、よろしければ手に取っていただけると幸いです。


物語の主役を張るのは、ティグルとリム、そして魔弾の王と聖泉の双紋剣の6巻から登場しエリッサ。そして暗躍するネリーこと弓の王を名乗る者です。

次巻では、カル＝ハダシュト島とその周辺を舞台にした大がかりな仕掛けが、いよいよ本格的に動きだします。

カル＝ハダシュト島を舞台とした物語のために、新しく南大陸西方の地図を川口士が作成しましたが、北大陸と南大陸は少し離れています。魔弾世界の北大陸（これまでの物語の舞台）は現実のヨーロッパに似た地形をしていますが、イベリア半島（スペイン、ポルトガル）やイタリア半島が存在せず、地中海は内海ではありません。それに伴い、さまざまな地形、気象の条件が変化し、作中における現象が発生している……ということになっております。

いや、まあ現実には絶対に存在しない現象もありますが、そのあたりは寛大な心で受け入れてくだされば喜ばしく思います。


そして、ｂｏｍｉさんの手による前作『魔弾の王と聖泉の双紋剣《カルンウェナン》』のコミック版もニコニコ漫画「水曜日はまったりダッシュエックスコミック」で連載中です。この本が出る頃にはいよいよパーシバル、そしてサーシャが登場する頃かと思います。コミックスも天誓《てんせい》の鷲矢《アクィラス》二巻と同時発売を目指していますのでお楽しみにしていただけると幸いです。

お礼を。

イラストを描いていただいた白谷《しらたに》こなか様、今回も素敵なリムをありがとうございました。

次巻のあれやこれやが今から楽しみです。

＊

よろしければ、ブログへ遊びに来てください。
ＵＲＬは http://blog.livedoor.jp/heylyalai/ となります。

瀬尾つかさ

二人の争いは、ティグルを巻き込み

人気作『魔弾の王と凍漣の雪姫』待望のコミック版
ニコニコ漫画「水曜日はまったりダッシュエックスコミック」にて好評連載中

凍漣の雪姫VS銀閃の風姫!?
エレンがティグルがついに出逢う
そのときリュドミラは——
いよいよコミックスも発売！
魔弾の王と凍漣《ミーチェリア》の雪姫
1
コミック版
『魔弾の王と凍漣の雪姫１』
好評発売中！
presented by
的良みらん

魔弾の王VS魔弾の王
異国の地でティグルとリムは
かつてない敵との戦いに挑む

魔弾の王シリーズの人気スピンオフ
『魔弾の王と聖泉の双紋剣』
待望のコミカライズスタート！
presented by
bomi
ニコニコ漫画「水曜日はまったり
ダッシュエックスコミック」にて好評連載中

ダッシュエックス文庫

魔弾の王と天誓の鷲矢《アクイラス》

瀬尾つかさ　原案／川口 士

2021年12月28日　第1刷発行

★定価はカバーに表示してあります

発行者　瓶子吉久
発行所　株式会社　集英社
〒101−8050　東京都千代田区一ツ橋2−5−10
03(3230)6229(編集)
03(3230)6393(販売／書店専用) 03(3230)6080(読者係)
印刷所　図書印刷株式会社

ISBN978-4-08-631452-7 C0193